Alfred Hitchcock
Die drei ???
Pistenteufel

Alfred Hitchcock (1899–1980) zählt zu den berühmtesten Filmregisseuren der Welt. Er gilt als Meister des psychologischen Krimis und wurde zum Vorbild vieler Filmemacher. Neben den mehr als 50 Filmen, die Alfred Hitchcock drehte, war er auch als Autor tätig. Seine Serie um die drei ??? hat längst Kult-Status erreicht.

Weitere Titel von Alfred Hitchcock bei dtv junior: siehe Seite 4

Alfred Hitchcock

Die drei ???
Pistenteufel

Erzählt von Ben Nevis

Deutscher Taschenbuch Verlag

Von Alfred Hitchcock sind außerdem bei dtv junior lieferbar:
Die drei ??? und die flüsternde Mumie, dtv junior 7022
Die drei ??? und der Super-Papagei, dtv junior 7316
Die drei ??? und die gefährliche Erbschaft, dtv junior 7387
Die drei ??? und das Gespensterschloss, dtv junior 7480
Die drei ??? und das Riff der Haie, dtv junior 70099
Die drei ??? und der Rote Pirat, dtv junior 70143
Die drei ??? und der seltsame Wecker, dtv junior 70168
Die drei ??? und das Aztekenschwert, dtv junior 70221
Die drei ??? und die gefährlichen Fässer, dtv junior 70277
Die drei ??? Gefahr im Verzug, dtv junior 70355
Die drei ??? Gekaufte Spieler, dtv junior 70393
Die drei ??? und der riskante Ritt, dtv junior 70427
Die drei ??? Geisterstadt, dtv junior 70461
Die drei ??? Tatort Zirkus, dtv junior 70490
Die drei ??? Die verschwundene Seglerin, dtv junior 70533
Die drei ??? Die Spur des Raben, dtv junior 70583
Die drei ??? und die Rache des Tigers, dtv junior 70613

Ungekürzte Ausgabe
In neuer Rechtschreibung
Dezember 2000
Deutscher Taschenbuch Verlag GmbH & Co. KG, München
www.dtvjunior.de

ISBN 3-440-07289-4
Umschlagkonzept: Balk & Brumshagen
Umschlagbild: Hanno Rink
Gesamtherstellung: Ebner Ulm
Printed in Germany • ISBN 3-423-70614-7

Inhalt

Ein überraschender Anruf

Dass es ausgerechnet seine Geschichtslehrerin Mrs Seven war, die sich am anderen Ende der Telefonleitung meldete, überraschte Bob. Eigentlich hatte er einen anderen Anruf erwartet. Bereits beim ersten Klingelzeichen riss er den Hörer von der Gabel, denn Justus und Peter, die beiden anderen Mitglieder der Detektivgruppe die drei ???, hätten sich inzwischen längst bei ihm melden sollen.

Am frühen Nachmittag waren die beiden Detektive losgezogen, um einem mysteriösen Autoreifenstecher aufzulauern. Kein angenehmer Job bei dem ungemütlichen Wetter draußen. Bob hatte die Aufgabe übernommen, in dem Wohnwagen auf Onkel Titus' Schrottplatz, der als Einsatzzentrale der drei ??? diente, zu warten und gegebenenfalls notwendige Maßnahmen einzuleiten. Im Idealfall musste er nur Inspektor Cotta, mit dem die drei Detektive befreundet waren, bei einem seiner Polizeieinsätze aufspüren und zur Verhaftung des Reifenstechers hinzuziehen.

Aber nun war nicht Justus oder Peter am Telefon, sondern Bobs Geschichtslehrerin Mrs Seven. Noch nie zuvor hatte sie ihn angerufen. Ihr schulisches Verhältnis war geprägt durch Bobs Nachlässigkeit in geschichtlichen Fragen. Da konnte er dem schlauen Justus, auch »Superhirn« genannt, einfach nicht das Wasser reichen.

»Ja, Mrs Seven«, stotterte Bob, »guten Tag, wie geht es Ihnen?«

»Na, solange ich nicht in eure Geschichtsarbeiten schaue, geht's mir gut«, sagte Mrs Seven süffisant. »Aber um dir das mitzuteilen, rufe ich nicht an. Ich habe gehört, dass Justus, Peter und du eine Art Detektivbüro betreiben, wenn ihr euch mal nicht gerade um die Highschool kümmert.«

»Ja«, erklärte Bob stolz und wurde sofort gesprächiger, »wir nennen uns die drei ???. Inzwischen haben wir sogar schon in Europa Fälle geklärt. In Rom und in Wien.«

»Na schön«, sagte Mrs Seven, »dann habt ihr ja schon viel Erfahrung. Vielleicht habe ich eine Aufgabe für euch. Ihr habt ja gerade eine Woche Winterferien. Während der Schulzeit würde ich euch natürlich nicht anrufen. Da sollt ihr Geschichte büffeln.« Sie machte eine Kunstpause. »Aber jetzt habt ihr vielleicht Lust, euch mein kleines Problem anzuhören.«

»Na klar«, bemerkte Bob. Dass es den drei ??? ziemlich egal war, ob sich ein neuer Fall in der Schul- oder in der Ferienzeit ankündigte, sagte er vorsichtshalber nicht.

Mrs Seven schlug vor die Angelegenheit bei ihr zu Hause zu besprechen: »Am Telefon lässt sich nicht so leicht darüber reden. Vermutlich ist die Sache, um die es geht, ohnehin kein richtiger Fall für euch. Ich hoffe es jedenfalls. Vielleicht ist es nur meine übertriebene Angst und Vorsicht.«

»Ja natürlich, Mrs Seven, bestimmt ist es nichts«, antwortete Bob. Im Stillen hoffte er natürlich, dass mehr dahinter steckte. Schließlich hatte schon oft eine harmlos wirkende Spur zu einem spannenden Fall geführt. »Peter und Justus sind gerade unterwegs. Aber ich denke, morgen Nachmittag können wir vorbeikommen.« Mrs Seven war einverstanden.

Nachdem Bob den Hörer eingehängt hatte, blickte er nachdenklich aus dem Fenster. Bei allem Ärger um die schulischen Leistungen hatten Mrs Seven und er doch ein faires Verhältnis. Die Lehrerin mit den wilden roten Haaren verstand es zwar, die Klasse mit fester Hand zu dirigieren, blieb dabei aber, wie Bob fand, fast immer gerecht. Nur mit den Schulnoten war er manchmal nicht ganz einverstanden. Aber immerhin hatte sie das Vertrauen, ihn anzurufen. Also musste sie ihn als Person schätzen. Justus und Peter natürlich auch, beeilte sich Bob zu denken. Um was es wohl ging? Mrs Seven lebte alleine, soweit er wusste. Einmal hatte sie ihre Schüler zu sich nach Hause eingeladen. Damals war ihm aufgefallen, dass ein Bild von ihrem Vater an der Wand hing. Der war eingewandert, aus Deutschland. Bob war viel zu sehr Detektiv, als dass er aufhören konnte darüber zu spekulieren, was wohl hinter Mrs Sevens geheimnisvollem Anruf steckte. Die Schule? Drohbriefe? Die Verwandtschaft? Bob saß vor dem stummen Telefon und ließ die Gedanken treiben. Seine Vermutungen wurden immer abenteuerlicher.

Als er in seinen Vorstellungen gerade dabei war, Mrs Seven gegen eine Bande rachsüchtiger Mitschüler zu verteidigen – natürlich waren darunter alle diejenigen versammelt, die Bob nicht leiden konnte –, schellte das Telefon erneut. Diesmal griff Bob erst nach dem dritten Klingelzeichen zum Hörer, so lange brauchte er, um aus seinem Tagtraum zu erwachen. Doch wieder war es nicht Justus oder Peter, sondern seine Freundin Elizabeth.

»Hi, Bob! Ich wollte mich wegen heute Abend melden. Habt ihr nicht Lust, mit uns ins Kino zu gehen? Kelly und Lys sind auch mit von der Partie.« Kelly und Lys waren die Freundinnen von Peter und Justus.

Elizabeth erzählte, dass im Kino seit kurzem der allerneuste James Bond lief. Das sei doch für die drei Super-Detektive bestimmt verlockend. Als Bob erklärte, dass Justus und Peter gerade selbst im Einsatz wären, erntete er nur Spott: »Noch nicht mal in den Ferien habt ihr Zeit! Hoffentlich habt ihr drei Super-Bonds eure Gegner auch so gut im Griff wie James . . .«

Bob versprach sich zu melden, falls Justus und Peter noch rechtzeitig auftauchen sollten. Es ist schon ganz schön anstrengend, dachte er. Als ob die Schule und das Detektivbüro sie nicht schon genug auf Trab halten würden, mussten die drei ??? nun auch noch die Termine mit den Freundinnen unter einen Hut bekommen. Andererseits: wenn alle Termine so viel Spaß machen würden . . .

Justus und Peter kamen natürlich zu spät, um noch ins Kino gehen zu können. Das war umso ärgerlicher, da sie vergeblich auf der Lauer gelegen hatten. Als am Nachmittag ein scharfer Wind aufgekommen war, hatten die beiden Detektive beschlossen nach Hause zu fahren. Bei Peters Wagen erwartete sie dann allerdings eine böse Überraschung: Ein Reifen des Autos war platt. Offenbar hatte sich der Reifenstecher hier in der Zwischenzeit zu schaffen gemacht. Reifenwechsel war nicht gerade Peters Stärke und Justus Superhirn krümmte natürlich keinen Finger. Noch schlimmer: Zu allem Überfluss hatte er die ganze Zeit untätig neben Peter gestanden, aus der Betriebsanleitung des Autos vorgelesen und sich über das ungeschickte Englisch dort lustig gemacht: »›Achten Sie das Rad einhebelnd auf die richtige Position des Drehrohrs.‹ Peter! Du sollst mehr auf das Drehrohr achten!«

Jetzt saßen die zwei Detektive völlig erschöpft auf den alten Sesseln im Campingwagen. Justus blätterte lustlos in einer Zeitung herum. »Spitzentreffen in der Basketball-Liga«, las er vor.

»Mir egal«, brummte Peter.

»Weltcup-Skirennen in Vail. Kampf der Top-Favoritinnen: Picabo Road gegen Karen Sulzenberger.«

»Mir egal«, brummte Peter erneut. »Obwohl diese Picabo Road echt süß ist und das lustigste Lächeln hat seit der Erfindung von Halloween.« Er streckte die Beine aus und gähnte. Doch Bob wusste, wie man seine Freunde wieder auf Trab bringen konnte. »Na, ihr schlappen zwei ??, legt mal die Zeitung beiseite. Ich habe eine Denkaufgabe für euch. Ratet mal, wer angerufen hat!«

»Die Basketballer. Oder Michael Jackson«, schlug Justus vor.

Bob verzog das Gesicht.

»Die Mädels«, meinte Peter gelangweilt.

»Richtig«, sagte Bob, »aber das wisst ihr ja schon. Weiter! Eine Frau, die bei uns sehr bekannt ist!«

»Bekannt, berühmt . . .«, überlegte Justus. »Vielleicht Peters süße Picabo Road?«

»Was habt ihr denn dauernd mit dieser so süßen Picabo Road?«, fragte Bob. »Was fährt sie überhaupt? Abfahrt? Allerdings liegt ihr mit der sowieso ganz falsch. Ich sagte doch: bei uns sehr bekannt. Mit Betonung auf *uns*, auf die drei ???!«

»Ach so, ich dachte bei uns in den Staaten«, erwiderte Justus. »Aber Bob, wer Picabo Road ist, solltest du trotzdem wissen. Auch wenn du nicht mehr aufs Skilaufen stehst, seitdem du deinen Snowboard-Tick entwickelt hast. Picabo Road war Weltmeisterin in der Skiabfahrt und fährt im neuen Weltcup mit 200 Punkten ganz vorne mit. Außerdem kommt sie selbstredend aus Amerika.«

»Und am Wochenende wird sie in Vail starten«, wiederholte Bob. »Dann können wir sie ja mal im Fernsehen begutachten. Peters Geschmack will ich testen!«

»Da wird sie bestimmt wieder gut laufen. Das ist ja fast ein Heimspiel für sie«, sagte Justus. Eigentlich interessierte er sich nicht besonders für Skirennen, aber fast jede Nachricht, vor allem wenn sie mit Zahlen und Tabellen zu tun hatte, speicherte er unwillkürlich in seinem Gehirn ab. So gelang es ihm immer wieder, seine Umgebung mit absonderlichen Details zu überraschen.

»Okay, Bob, du hast gewonnen«, drängte Peter. »Jetzt aber mal raus mit der Sprache. Wer hat denn nun angerufen, doch nicht der Reifenstecher?«

»Nein«, sagte Bob. »Angerufen hat unser aller Lehrerin, Mrs Seven.« Er berichtete Justus und Peter von dem merkwürdigen Telefonat, in dem Mrs Seven die drei Detektive um Hilfe gebeten hatte. »Ich habe auf alle Fälle mal zugesagt. Ihr habt doch hoffentlich nichts dagegen, nur weil sie unsere Lehrerin ist?«

Natürlich lag Bob damit richtig, Lehrerin hin oder her. Der Reifenstecher ging mittlerweile allen gehörig auf die Nerven und ein wenig Abwechslung würde nicht schaden. Die Laune der drei ??? hob sich angesichts des möglichen neuen Falls augenblicklich.

Auch Justus hatte ein besonderes Verhältnis zu Mrs Seven, allerdings ganz anderer Art. Es kam immer wieder vor, dass er die Lehrerin bei den Jahreszahlen korrigieren musste. »Vielleicht will sie von mir auch nur ein wenig Nachhilfe in Geschichte«, sagte er mit gespielter Arroganz.

»Ich glaube, darauf kann sie verzichten!« Peter lachte.

Noch von dem letzten Besuch mit der Schulklasse wusste Justus genau den Weg zu Mrs Sevens Wohnung. Sie lebte in einem charmanten älteren Haus zur Untermiete. Ihr Vermieter war ein ehemals erfolgloser Maler, der jedoch inzwischen in der Werbebranche arbeitete, viel Geld verdiente und bekannt war für seine grellbunten Bilder und Grafiken. Justus hatte schon lange vor, den Künstler einmal zu fragen, ob er für die drei ??? eine Werbeaktion erfinden könnte – zum Sonderpreis natürlich. Aber bis jetzt waren die drei Detektive nie lange ohne einen Fall geblieben und so hatte Justus den Kontakt über Mrs Seven noch nicht gebraucht.

Mrs Seven hatte sie bereits durchs Fenster gesehen und erwartete die drei ??? nun an der geöffneten Tür. Während sie in die Wohnung gingen, überlegte Bob kurz, ob er als Honorar für den zu erwartenden Auftrag nicht eine gute Note in der nächsten Geschichtsarbeit aushandeln sollte. Normalerweise verlangten sie ja nichts für ihre Nachforschungen, aber in diesem Falle . . .

Im Wohnzimmer nahmen sie Platz, auf dem Tisch stand für jeden eine Cola. Mrs Seven kam, wie das ihre Art war, schnell zum Thema. »Ich weiß nicht, ob euch bekannt ist, dass meine Familie ursprünglich aus Deutschland kommt.« Bob wollte nicken, doch sie wartete eine Antwort gar nicht erst ab. »Eine meiner weiter entfernten Cousinen von dort ist seit gestern in den Staaten. Sie ist keine Unbekannte. Sie ist eine erfolgreiche Skiläuferin, Karen Sulzenberger.«

Justus atmete hörbar durch. »Der Abfahrtsstar«, entfuhr es ihm.

»Das ist doch die Konkurrentin von Picabo Road«, sagte Bob.

»Ja, richtig«, antwortete Mrs Seven und freute sich über die richtige Antwort wie in der Schule.

»Note 1, setzen«, murmelte Justus ironisch zu Bob, denn ohne seinen Kurzvortrag am Tag zuvor hätte dieser nun kaum so glänzen können.

Mrs Seven ging darüber hinweg. »Karen hat diese Woche ein wichtiges Abfahrtsrennen in Vail. Aber sie ist beunruhigt. Nach dem letzten Rennen erhielt sie merkwürdige Briefe.«

»Drohbriefe?«, fragte Bob.

»Ja, oder auch nein, jedenfalls Briefe, die sie sehr verunsichern.«

»Was steht drin?«, erkundigte sich Justus.

»Bisher waren es erst zwei Briefe. In dem einen stand ›Du wirst verlieren‹ und in dem anderen ›Vertraue keinem‹. Mehr nicht.«

»Was ist dann passiert?«, wollte Bob wissen.

»Sie hat die Briefe ihrer Mannschaftsleitung gezeigt. Doch die hat sie nur zu beruhigen versucht und ihr gesagt, sie solle das nicht ernst nehmen. So etwas sei gang und gäbe.«

»Aber sie hat sich nicht beruhigen lassen und deswegen sitzen wir jetzt hier«, schloss Peter.

»Ihr werdet wirklich eurem Ruf gerecht«, sagte Mrs Seven. »Ja, ich wollte euch bitten einfach ein wenig auf sie aufzupassen. Damit sie ein bisschen ruhiger wird und sich auf ihr Rennen konzentrieren kann. Vermutlich steckt ja wirklich nichts Besonderes dahinter. Irgendeiner, der sich wichtig machen will. So etwas gibt es ja oft. Verrückte, die ihre Freude daran haben, andere Menschen zu irritieren.«

»Wir werden unser Bestes tun«, versprach Justus. »Aber wie? Am besten wäre es natürlich, wir würden nach Vail fahren.«

»Ich könnte euch dort vielleicht eine kleine Ferienwohnung besorgen. Sie gehört meinem Vermieter, dem Maler. Ich werde ihm die Geschichte erzählen und ich glaube, dass er nichts dagegen hat, euch dort ein paar Tage wohnen zu lassen. Vorausgesetzt, er erkennt seine Wohnung nach eurem Aufenthalt noch wieder.«

Die drei ??? grinsten. »Wir werden keine Unordnung hinterlassen«, übernahm Justus das Wort. »Und Geschirr spülen können wir auch.« Die Aussicht auf einen Trip ins winterliche Vail war verlockend.

Mrs Seven nickte. »Das klingt gut. Ihr könntet bis zum Sonntag dort bleiben, dann ist das Hauptrennen. Danach fährt Karen nach Kanada weiter und ich hoffe, bis dahin hat sich alles geklärt.«

Die drei Detektive sagten sofort zu. »Nur noch eins«, fragte Justus, »wie kommen wir denn an so einen Star wie Karen heran?«

»Ich werde ihr sagen, dass ihr kommt«, antwortete Mrs Seven. »Alles Weitere müsst ihr euch einfallen lassen. Schließlich seid ihr doch die drei großen Detektive . . .«

Ein dunkles Vorzeichen

Der Flug nach Denver verlief planmäßig. Mrs Seven hatte die Flugkarten bezahlt. Mit dem Ausblick auf ein kostenloses verlängertes Winterwochenende in Vail war die Stimmung unter den drei ??? entsprechend ausgelassen. Peter galt als sehr guter Skifahrer. Justus und Bob hatten immerhin schon einige Male auf Skiern gestanden. Bob wollte allerdings diesmal nicht nur Ski, sondern vor allem auch Snowboard fahren. Im letzten Winter hatte er in den Bergen einen Snowboard-Anfängerkurs absolviert. Es war ein Riesenspaß gewesen. Inzwischen waren viele der Mitschüler ebenfalls auf den neuen Sport umgestiegen. Peter, nach wie vor ein überzeugter Skifahrer, zog ihn wegen des Snowboards zwar ständig auf, doch Bob tat es als Neid ab: Jetzt konnte Peter mit seinen Skikünsten nicht mehr so glänzen.

Auch wenn es kein spannender Fall werden sollte, stand also ein tolles Wochenende bevor. Die Freundinnen waren ein wenig eifersüchtig und sogar etwas verärgert gewesen. Besonders, nachdem bereits der Kinoabend ausgefallen war. »Jetzt haben wir schon mal Winterferien und ihr seid trotzdem beschäftigt wie Bill Gates. Ich verliere dich noch ganz an euren Detektivladen«, hatte sich Elizabeth bei Bob beschwert. Ganz anders erging es Justus, dem Lys – vielleicht aus Trotz – gesagt hatte, dass sie froh sei das Wochenende jetzt in Ruhe mit Lesen verbringen zu können. Und auf die Party am Samstagabend könne sie genauso gut alleine gehen. Justus jedenfalls hatte es geärgert.

In Denver mietete Peter einen älteren Buick, in den das Gepäck und auch Peters Skier gut hineinpassten. Peter verstaute sie sehr sorgfältig, er hatte sie gerade erst zu Weihnachten geschenkt bekommen. Justus und Bob wollten sich ihre Sportgeräte in Vail ausleihen. Dann ging's auf den Highway Richtung Vail. Es war eine eindrucksvolle Fahrt. Die Bergwelt wurde immer imposanter, die Gegend einsamer und wilder. Doch plötzlich schlug das Wetter ganz überraschend um. Sie fuhren geradewegs auf eine dunkle Wolkenwand zu. Schon fielen die ersten Tropfen, die bald in Schneeregen und dann in ein dichtes Schneetreiben übergingen.

»Hoffentlich bleiben wir nicht stecken«, murmelte Peter. »Wir haben zwar Winterreifen, aber wenn das so weitergeht, ist bald alles zugeschneit. Und sehen tue ich auch nicht mehr viel.«

»Zum Glück haben wir ein paar Lunchpakete von Tante Mathilda dabei«, sagte Justus.

Der Schnee fiel immer dichter. Längst hatte Peter die Scheinwerfer eingeschaltet. Die Autos vor und hinter ihnen waren kaum noch zu erkennen, geschweige denn die Straßenschilder. Justus und Bob warfen sich einen besorgten Blick zu. In den Bergen war die Natur doch sehr unberechenbar.

»Peter, fahr lieber etwas langsamer«, sagte Bob. Obwohl Peter sonst auf Kritik an seinem Fahrstil heftig reagierte, sagte er jetzt nichts und ging tatsächlich weiter vom Gas.

Inzwischen verlief die Straße spürbar bergauf. Da trat Peter plötzlich auf die Bremse. Vor ihnen waren zwei große rote Bremslichter aufgetaucht. Der Buick hatte nur kurz Straßenhaftung, dann rutschte er. Gerade noch rechtzeitig kam der Wagen zum Stehen, fast wäre er gegen das Fahrzeug vor ihnen gestoßen. Justus und Bob hingen in den Sicherheitsgurten.

»Noch mal Glück gehabt«, stieß Justus heraus. »Toll, dass du so schnell reagiert hast!«

Peter schaltete die Warnblinkanlage ein und schaute sich um. Der Wagen hinter ihnen hatte rechtzeitig angehalten und sicherte sie gegen den weiteren Verkehr ab. Vor ihnen stand ein dunkler Lieferwagen, der auf seiner Rückseite groß die Aufschrift »SPEED« trug. »Aha«, überlegte Justus, »mit dem haben wir wohl dasselbe Ziel. SPEED ist eine große Skifirma. Der will bestimmt auch zum Rennen.«

»Jetzt steckt er jedenfalls erst einmal selbst im Schnee«, bemerkte Peter.

An den Reifen des Lieferwagens machten sich zwei Gestalten zu schaffen. Offenbar wollten sie Schneeketten anlegen.

»Sollen wir aussteigen und helfen?«, schlug Bob vor.

Peter öffnete die Fahrertür und blickte kurz nach hinten. Der nachfolgende Verkehr hatte sich etwas aufgestaut und rollte nun langsam an ihnen vorbei. Die drei Detektive griffen nach ihren Jacken und Handschuhen und sprangen aus dem Buick. Sie gingen an dem Lieferwagen entlang. Die Seitentür des Wagens war geöffnet, so dass Justus im Inneren mehrere längliche Behälter erkennen konnte. Wahrscheinlich Skiboxen. Auf einer stand das Wort »Testmodell«. Der Wind trieb ihnen dicke Schneeflocken in die Augen. Schemenhaft konnten sie zwei Männer sehen, die sich vor den linken Vorderreifen gekniet hatten. »Können wir Ihnen helfen?«, rief Peter den Männern durch das Schneegestöber entgegen.

»Sollen wir Ihnen die andere Schneekette aus dem Wagen holen?«

»Was wollt ihr? Haut ab!«, war die scharfe Antwort.

»Aber wir wollten doch nur . . .«

»Kapiert ihr nicht? Verschwindet! Abflug!«

Peter war inzwischen nahe genug herangekommen, um die beiden Männer trotz des Schneegestöbers etwas genauer betrachten zu können. Viel sah er allerdings nicht. Aus dem einen Winteranorak blickte ihm ein grimmiges, bärtiges Gesicht entgegen. Der andere Mann war etwas kleiner als der Bartträger, unrasiert, von seinem Blick her nicht minder unfreundlich. »Setzt euch in euer Auto und verschwindet«, zischte der Bärtige noch einmal. »Schnüffler können wir nicht leiden.« Er ging auf die drei ??? zu und schlug die Seitentür des Lieferwagens mit einem kräftigen Ruck zu.

»Sie haben wohl Angst vor neugierigen Leuten«, provozierte Peter die beiden. Doch Justus zog ihn zurück.

»Freunde, wir gehen«, rief er zur Umkehr, »hier sind wir wohl nicht gern gesehen. Sollen die beiden Herrschaften eben alleine im Schnee herumschaufeln.«

Die Detektive verdrückten sich wieder in ihren warmen Buick. »Hoffentlich packen es die Räder, sonst können wir hier noch mit diesen freundlichen Herren übernachten«, murmelte Peter. Er zitterte leicht, die Begegnung hatte ihm nicht gefallen. Der Wagen startete gut, Peter setzte ihn etwas zurück, und nach einem kurzen Durchdrehen der Reifen ging die Fahrt weiter.

»Regt euch ab«, riet Justus, »aufgeregt fährt es sich schlecht Auto.«

Doch Bob war immer noch wütend. »Da bietet man seine Hilfe an und dann so was.«

»Was die wohl zu verbergen hatten?«, überlegte Justus. »Normal war deren Verhalten doch nicht. Oder sehen wir so furchteinflößend aus? Das wäre mir neu. So nette und adrette Jungs, wie wir es nun mal sind.«

»Der Traum aller Schwiegermütter«, warf Peter ein.

Doch Justus ließ sich nicht unterbrechen. »Das Nummernschild des Lieferwagens habe ich mir jedenfalls notiert.« Er machte eine Kunstpause. »Warum fragt ihr denn nicht, wo?«

»Damit du keine Gelegenheit hast, schon wieder anzugeben«, meinte Peter und Bob fügte hinzu: »Wir wissen doch, dass Justus Superhirn alles in seinem Kopf abspeichern kann.« Zum Spaß zog Justus eine Grimasse.

»Dafür habe ich mir deren Gesichter genau angesehen«, sagte Peter. »Zumindest soweit es die Schneejacken zuließen.«

»Vielleicht waren die ja bloß sauer, dass sie bei solch einem Wetter die Schneeketten auflegen mussten«, meinte Bob. Aber er glaubte selbst nicht ganz daran.

Mit der Zeit wurde das Schneetreiben zum Glück schwächer, so dass die drei ??? ihrem Ziel wieder schneller entgegensteuern konnten. Sogar die Ausfahrt nach Vail fanden sie sofort, obwohl das Straßenschild unter dem angewehten und fest gefrorenen Schnee kaum lesbar war. Als sie über eine Ausfahrtsbrücke auf die atemberaubende Kulisse von Vail-Village zurollten, brach der erste Sonnenstrahl durch die Wolken und ließ im Hintergrund eine wunderschön geschwungene weiße Skiabfahrt aufstrahlen.

Die neue Cousine

Das Appartement des Malers befand sich in einem neuen, stilvollen Haus in der Nähe des Vail Mountain. Obwohl in der Umgebung einige größere Hotels standen, hatte man von hier aus einen guten Blick auf die herrliche Berg- und Schneekulisse. Inzwischen war die Sonne richtig herausgekommen und langsam füllten sich die Straßen wieder mit Menschen. Alle waren froh über das plötzliche Ende des Schneetreibens. Schließlich war es erst gegen Mittag und man konnte den Tag noch genießen. Eine dicke Schicht Neuschnee bedeckte die Straßen und Häuser des Ortes. Für die Skifahrer ein viel versprechender Anblick, denn auf den Pisten lag jetzt sicher wunderbarer Pulverschnee.

Während Peter das Auto ausräumte, liefen Justus und Bob zum nächsten Skigeschäft, um sich ihre Sportgeräte auszuleihen. Justus suchte nach nicht allzu langen Brettern und Bob wollte sich zwar ebenfalls nach Skiern, vor allem aber auch nach einem guten Anfängerboard umsehen.

Es war eindrucksvoll, durch die Straßen von Vail zu schlendern. Viele Häuser des Winterstädtchens waren im Tiroler Stil erbaut. Justus und Bob gefiel das ausgesprochen gut, besonders nachdem sie letzten Sommer in Österreich gewesen waren. Tirol hatten sie allerdings nicht zu Gesicht bekommen. Nur die Menschen, die auf den Straßen herumliefen, waren eindeutig nicht aus Tirol, sondern aus Amerika. Allein schon der Klang der Sprache. Natürlich wimmelte es auch von Europäern:

Vail schien bei ihnen in Mode zu sein. Trotz des bunten Treibens war es in der Ortschaft auf winterliche Weise gelassen, gemütlich, hell, fast heiter. Da jedoch Peter auf sie wartete, ließen sich Bob und Justus nicht zu einem ausgiebigen Bummel verführen und verschoben ihn auf später.

Als die beiden in das Appartement zurückkamen, hatte Peter bereits alles in die Wohnung getragen, ausgepackt und sogar die Schlafsäcke auf die Betten verteilt. Auf dem Herd kochte Teewasser. Allerdings hatte Peter es offenbar vergessen, denn der Kessel war nur noch halb voll und in der Küche hing ein dichter Dunst.

»Ich wusste gar nicht, dass du so häuslich bist«, stichelte Justus.

Peter verzichtete auf eine Antwort und wies seine Freunde stattdessen auf die zahlreichen Bilder an den Wänden hin: allesamt eindeutig Werke ihres Gastgebers. Bunt, grell, manchmal fast wie ein Comic.

Bob gefiel besonders eine Computergrafik, auf der zwei Jungen und zwei Mädchen dargestellt waren, die vor einem dunklen Hintergrund um ein Lagerfeuer herumsaßen und Krimis lasen. Die Spannung stand ihnen deutlich ins Gesicht geschrieben.

»Vielleicht sollten wir uns doch mal um den Maler bemühen, damit er uns eine neue Visitenkarte entwirft«, meinte Justus. »Unsere ist ja schon ziemlich alt.« Er zog die Karte hervor und betrachtete sie kritisch:

Die drei Detektive
???
Wir übernehmen jeden Fall

Erster Detektiv	Justus Jonas
Zweiter Detektiv	Peter Shaw
Recherchen und Archiv	Bob Andrews

Die beiden anderen stimmten begeistert zu. Irgendwie fehlte der Karte tatsächlich der grafische Reiz. »Dann können wir ja auch gleich diese Rangordnung ändern«, schlug Bob vor. »Erster Detektiv, Zweiter Detektiv, Recherchen und Archiv – also, ich weiß nicht . . .«

»Kommt nicht in Frage«, entgegnete Justus. »Der Text bleibt.« Peter grinste.

Dann setzten sie sich um den Tisch und überlegten, wie sie weiter vorgehen sollten. »Am besten, wir tarnen uns mit dem Naheliegendsten«, schlug Justus vor. »Ich bin Karens amerikanischer Cousin und ihr seid meine Freunde. Damit sind wir nicht nur für ihr Umfeld, sondern auch für den Briefeschreiber unverdächtig. Wir können problemlos mit ihr reden und vielleicht etwas leichter recherchieren.«

Die beiden anderen waren einverstanden, wenn sie auch nicht ganz einsahen, warum ausgerechnet Justus den Cousin spielen sollte. »Schließlich bin ich Erster Detektiv«, sagte Justus, aber nach seiner Niederlage von vorhin wollte Bob dieses Argument nicht akzeptieren. Also wurde geknobelt: Schere, Stein, Papier. Wer zuerst drei Siegpunkte hatte, war der Gewinner. Allerdings war Justus mal wieder nicht zu schlagen. Er schien die Gedanken seiner Mitspieler vorausberechnen zu können.

»Na gut«, seufzte Bob resigniert. »Dann höre ich mich mal um und versuche herauszubekommen, wo sich die deutsche Mannschaft aufhält. Vielleicht wissen die im Hotel, auf welchem Berg die Läuferinnen trainieren. Die Hoteladresse haben wir ja.«

Peter und Justus wollten derweil losziehen und ein paar wichtige Besorgungen machen: Zum einen benötigten sie Skipässe und Pistenpläne, zum anderen brauchten sie noch Getränke und etwas Proviant für die nächsten Tage. Immerhin standen ihnen bis Sonntag dreieinhalb Tage bevor. Und das Essengehen in Vail war teuer. Im Auto hatten die drei Freunde über den Speiseplan gesprochen und sich schnell auf verschiedene Nudelvarianten geeinigt.

Als sie sich eine Stunde später wieder trafen, waren alle erfolgreich gewesen: Orts- und Pistenpläne gab es genug, Peter schleppte eine Kiste Wasser und eine Kiste Cola heran, unter Justus' Armen klemmten zwei dicke Tüten voll Lebensmittel und Bob hatte herausbekommen, dass das deutsche Skiteam am nächsten Tag direkt am Summit Elevation trainierte, wo es einige schwierige Nebenpisten gab. Nach einem einfachen, wenn auch ausgiebigen Mahl sanken die drei Detektive erschöpft in ihre Schlafsäcke.

Am nächsten Morgen waren die drei ??? früh auf den Beinen. Das Wetter war herrlich: Die Sonne schien von einem stahlblauen Himmel, der sich über den strahlend weißen Schnee spannte. Justus, Peter und Bob hatten vor lauter Tatendrang nur kurz gefrühstückt, eilig ihre Skiklamotten zusammengerafft und ließen sich nun von einem leise surrenden Lift auf den Summit Elevation hochziehen. Justus und Peter hatten Bob davon überzeugt, heute nicht das Snowboard, sondern die Skier anzuschnallen. Vor allem, weil Bob noch nicht so sicher auf seinem Board stand. Heute wollten sie zunächst zusammenbleiben und sich erst einmal gemeinsam umsehen.

Sie wählten zum Einfahren einige leichtere Strecken. Sogar Peter fuhr etwas verhalten, um sich wieder an die Bretter zu gewöhnen. Es war noch nicht viel los auf den Pisten, umso mehr genossen die drei Freunde das Fahren und ließen ihre Skier immer mehr laufen. Überhaupt konnte man sich hier in Vail auf den Pisten so richtig ausleben. Lange, abwechslungsreiche Strecken luden zum Ausprobieren ein. Es herrschte kaum Wind, die Sonne strahlte und die Schneebedingungen waren optimal. Es war so fantastisch, dass die drei Jungen fast enttäuscht waren, als sie schon bald das Trainingsgelände der deutschen Skimädchen fanden. Das hatten sie wieder einmal Justus zu verdanken, der sich den Pistenplan genau eingeprägt hatte.

Die Trainingsstrecke verlief durch ein Waldstück. Trotzdem konnte man an einigen Stellen nahe an die Piste herankommen. Die drei ??? schnallten ihre Skier ab und stapften mit den schweren Skischuhen ein paar Schritte zwischen den Bäumen durch zu einem kleinen Plateau. Von dieser Position aus konnten sie genau eine Steilkurve übersehen. Nach etwa einer Minute tauchte wie ein Blitz eine Läuferin auf, die sich extrem in die Kurve legte und krachend ihre Bahn zog.

»Mann, ganz schön schnell«, rief Bob und Peter ergänzte: »Das sieht ja viel härter und schwieriger aus als im Fernsehen.«

Nach ein, zwei Minuten kam die nächste Läuferin,

auch sie war nur für Sekunden sichtbar. »Da muss sogar Peter noch eine Weile üben«, meinte Justus und trieb zur Weiterfahrt an. »Wenn wir Karen Sulzenberger treffen wollen, fahren wir am besten runter zum Zielhang. Aber auf unserer Piste und bitte etwas langsamer.«

An Karen heranzukommen war weniger schwierig als befürchtet. Während des Trainings war der Trubel am Zielraum der Strecke überschaubar. Keine Reporter, ein paar Touristen als Zuschauer und einige Mannschaftsbetreuer und Trainer. Die drei ??? lehnten sich an die Absperrung und warteten, bis Justus Superhirn unter den Fahrerinnen Karen Sulzenberger entdeckt hatte.

»Das ist sie«, sagte Justus und zeigte auf eine schlanke große Frau, die gerade ihren Helm abzog. Darunter kam ein munteres Gesicht mit blondem Kurzhaarschnitt hervor. Karen schüttelte befreit ihren Kopf.

Ein Trainer kam auf die Läuferin zu und sprach einige Momente mit ihr. Dann näherte sie sich der Absperrung und blieb unweit der drei ??? stehen.

»Hallo, Karen, ich bin es, Justus! Schönen Gruß von Tante Maggie!«, rief Justus plötzlich, schwang sich über den Zaun, lief auf sie zu und umarmte sie stürmisch. Karen war so überrascht, dass sie gar nicht wusste, wie ihr geschah. »Maggie Seven schickt uns«, zischte Justus ihr zu. »Ich tue so, als sei ich dein Cousin. Bitte spiel mit und tu so, als ob du dich freuen würdest.« Daraufhin wurde Justus unter den neidischen Blicken von Peter und Bob ebenfalls kräftig gedrückt. Peter indes war nicht entgangen, dass die Szene auch die Aufmerksamkeit anderer Beobachter auf sich gezogen hatte. Der Trainer von vorhin kam aufgeregt auf Karen und Justus zu.

»Wer sind Sie, bleiben Sie bitte hinter der Absperrung!«, rief er. Karen erklärte etwas auf Deutsch. Der Trainer beruhigte sich ein wenig und sagte zu Justus: »Okay, ihr seid Verwandte. Aber jetzt ist Training. Wir haben da strenge Regeln. Verabreden könnt ihr euch von mir aus für heute Mittag.«

Triumphierend blickte Justus zu Bob und Peter hinüber. Doch die beiden sahen seinen Blick nicht, denn sie sprachen gerade aufgeregt miteinander. »Bob, da hinten im Schatten an der Skihütte stand doch gerade noch einer der beiden Männer von SPEED! Der hat uns mit einer Kamera mit Teleobjektiv fotografiert. Und jetzt ist er wie vom Erdboden verschwunden.«

Bob schüttelte den Kopf. »Ich weiß es nicht, ich habe nur auf Karen geachtet.«

»Du bist mir ein schöner Detektiv«, sagte Peter.

Karen hat viel zu erzählen

Karen hatte für das Treffen ein kleines Café vorgeschlagen. Es lag in einer der Straßen im Zentrum von Vail, die die traditionelle Tiroler Atmosphäre besonders stimmungsvoll imitierten. Die drei ??? waren auf Skiern bis in den Ort abgefahren und hatten dann den Skibus für die kurze Strecke zum Café benutzt. Sie waren zuerst da und entschieden sich für einen etwas abseits gelegenen Tisch. Es herrschte noch nicht viel Betrieb, die meisten Skifahrer pausierten ohnehin oben in den Bergen.

Die drei ??? mussten nicht lange warten, bis Karen eintraf. Sie trug eine schicke, teure Skijacke, die sie vermutlich von ihrem Ausrüster bekommen hatte. Dazu eine Sonnenbrille, die sie erst abnahm, als sie an dem Tisch der drei Detektive angelangt war.

»Hi, Justus.«

»Hi, Karen!«

»Es war für mich nicht leicht, hierher zu kommen«, sagte Karen, während sie sich setzte. »Nach deinem Auftritt gab es einige Diskussionen. Meine Betreuer sind etwas nervös wegen der Briefe. Besonders weil heute schon wieder ein neuer Brief aufgetaucht ist.«

Bei der Erwähnung des Briefes zog Justus interessiert die Augenbrauen hoch. »Aber gegen einen Cousin haben sie doch wohl nichts einzuwenden gehabt?«

»Nein, natürlich nicht.«

»Tut mir Leid wegen vorhin«, entschuldigte sich Justus. »Es war wirklich ein bisschen stürmisch. Mir ist erst im Nachhinein klar geworden, dass ich damit ja auch allen anderen gezeigt habe . . .«

»Ja«, unterbrach ihn Karen, »jetzt haben alle gesehen, wie leicht es ist, an mich heranzukommen. Auch wenn mir jemand etwas Gefährliches antun will. Zum Beispiel der Briefeschreiber. Eine Sekunde und er ist an mir dran. Das hat mich hinterher ganz schön erschreckt.«

»Aber vielleicht ist es ja auch ganz heilsam«, versuchte Justus der Sache noch etwas Gutes abzugewinnen. »Alle werden nun besser aufpassen. Und wir sind ja auch hier, um dir zu helfen.«

Justus stellte Bob und Peter vor und Karen schüttelte den beiden lächelnd die Hand. Obwohl sie ein Star in der Skiszene war, verhielt sie sich sehr natürlich. Wirklich ein nettes Mädchen, fand Justus. Er schätzte, dass sie etwa drei, vier Jahre älter war, als er selbst. Die drei ??? hatten sich am Abend zuvor einige Fragen für Karen überlegt und Justus wollte von ihr zunächst wissen, ob sie etwas dagegen hätte, ihnen für ein paar Minuten Rede und Antwort zu stehen.

»Nein, natürlich nicht.«

Bob erklärte, dass er sich dabei einige Notizen machen wollte. »Heute kam also ein neues Schreiben«, begann Justus. »Kann ich alle Briefe einmal sehen?«

Karen zog drei Umschläge aus ihrer Jacke. Auf ihnen stand jeweils mit schwarzem Filzschreiber in Druckbuchstaben: »Für Karen.« Sonst war nichts Auffälliges an ihnen zu erkennen. In den Umschlägen steckte jeweils ein einfaches Blatt Papier, ebenfalls mit Filzstift beschrieben. Die Mitteilungen waren sehr kurz und wirkten eigentlich harmlos. Die erste Botschaft hieß: »Vertraue keinem.« Die zweite: »Du wirst bald verlieren.« Der neuste Brief lautete: »Augen auf die Piste.«

»Haben diese Aussagen für dich noch eine versteckte, eine besondere Bedeutung?«, fragte Justus.

»Nein, mir sagen sie genauso viel wie euch. Mir ist nur aufgefallen, dass sie alle in Englisch verfasst sind.«

»Das muss aber noch nichts heißen«, mutmaßte Bob. »Es kann genauso gut eine Person aus irgendeinem anderen Land sein, die sich mit dem Englisch nur tarnen will.«

»Oder eben auch nicht«, warf Peter ein.

»Und wie wurden die Briefe überbracht?«, fragte Justus nach.

»Bisher immer im Hotel. Sie wurden unter meiner Zimmertür hindurchgeschoben. Ich habe sie immer morgens nach dem Aufstehen entdeckt. Das heißt: Zweimal habe ich sie gefunden und einmal meine Zimmerkollegin.«

»Zimmerkollegin?«, unterbrach Peter.

»Ja. Während der gesamten Saison übernachten wir in Doppelzimmern. Es schlafen immer zwei Frauen zusammen. Bei den anderen wechselt die Zimmerbelegung zwar ständig, aber bei mir nicht. Ich teile mein Zimmer immer mit Nicola.«

»Klar, Nicola Schalla, auch eine bekannte Skiläuferin.« Justus wusste natürlich wieder Bescheid. »Aber warum müsst ihr nicht wie die anderen tauschen?«

»Wir verstehen uns gut«, antwortete Karen. »Es ist auch eine kleine Belohnung für unsere Leistungen. Nicola fährt ebenfalls sehr gut. Zumindest bisher. Seit ein paar Wochen hat sie allerdings eine kleine Krise.«

Justus wusste auch hier Genaueres. »Sie tritt mit dir bei der Abfahrt an, obwohl ihre Stärken eher im Riesenslalom und Super G liegen.« Karen nickte.

Bob machte sich einige Notizen. »Was ist Super G?«, wollte er wissen.

Karen zählte die Disziplinen im Skisport auf: Abfahrt, Super G, Riesenslalom, Slalom. »Vereinfacht gesehen ist es so, dass in der Abfahrt die wenigsten Tore zu durchfahren sind und abgestuft bis zum Slalom immer mehr. Deswegen ist die Abfahrt die schnellste Disziplin, man kann den Ski mehr laufen lassen. Super G ist immer noch recht schnell, aber durch die zusätzlichen Tore etwas rhythmischer.«

»Slalom ist dann im Vergleich am langsamsten«, fügte Bob überflüssigerweise hinzu. Peter verdrehte die Augen, Bob hatte es nun also auch verstanden.

»Und obwohl Nicola deine Konkurrentin ist, kommst du gut mit ihr aus?«, bohrte Justus nach.

»Ja«, die Antwort kam etwas zögernd. »Ja, natürlich. Aber ihr denkt doch nicht . . .?«

Justus registrierte das Zögern, überging es aber und wechselte noch einmal zurück zu den Briefen. »Wo tauchten die Schreiben überhaupt auf? Hast du an jedem Ort, an dem ihr in letzter Zeit gestartet seid, Briefe bekommen?«

»Ja, das ist es ja gerade, was mich beunruhigt. Der Briefeschreiber scheint mitzufahren.«

»Oder die Briefeschreiberin«, ergänzte Peter. »Immerhin kann es genauso gut eine Frau sein.«

»Karen . . .«, Bob notierte noch schnell seine Stichworte zu Ende, »Karen, wie reagierst du eigentlich auf diese Art von Post? Ich meine, an sich klingen die Mitteilungen ja zunächst einmal harmlos. Was bewirken sie in dir?«

Bob bemerkte, wie Karen eine Hand an den Hals legte, eine Geste der Unsicherheit. Er hatte mit seiner Frage einen wunden Punkt berührt. »Nun ja«, antwortete Karen, »ich bin schon etwas irritiert. Natürlich klingen sie erst einmal harmlos. Aber es sind so seltsame Ankündigungen. Versteht mich richtig, eigentlich bin ich nicht ängstlich, sonst wäre ich ja wohl kaum Abfahrtsläuferin. Da muss man lernen seine Angst zu überwinden und auch seine Euphorie. Wenn man ganz vorne dabei sein will, muss man immer cool bleiben und gleichzeitig an seine Grenzen gehen, bis zum Äußersten. Ein kleiner Fehler genügt und schon droht ein schwerer Sturz – oder sogar der Tod. Das verdränge ich natürlich meistens.«

Bob schaute sie an und hörte ruhig weiter zu. Karen hatte inzwischen ihre Hand wieder heruntergenommen. Sie sprach auch sicherer und gab ganz offen ihre Lage preis. »Bei so einer Konzentration genügen Kleinigkeiten und ich komme aus meinem Rhythmus. Aus meinem inneren Gleichgewicht. Meine Sicherheit, mein Fundament bekommt erste Risse. Ich werde unkonzentrierter und mache Fehler. Und das zieht meist weitere Fehler nach sich. Ein teuflischer Kreislauf. Die Leistung wird schwächer. Die Presse fragt nach, macht Druck. Ich versuche mich davon fern zu halten. Die Trainer reagieren erst einmal besonnen und möchten Ruhe ausstrahlen. Aber natürlich werden auch sie nervöser. Auch sie stehen unter Erfolgsdruck.«

»Und diese Briefe sind solche Kleinigkeiten, die dich aus deiner Ruhe bringen«, schloss Bob. »Das könnte also ein Motiv sein: Vielleicht versucht jemand dich mit einfachen Mitteln von der Erfolgsspur zu bringen. Immerhin zählst du zu den Favoritinnen für den Gesamtweltcup.«

Karen gab ihm Recht. »Das denke ich auch. Bis jetzt habe ich noch alles gut im Griff. Ein zweiter und ein dritter Platz in der Abfahrt, in den anderen Disziplinen bin ich auch nicht schlecht gefahren, insgesamt bin ich also noch gut dabei. Auch die Trainingsläufe hier waren nicht schlecht.«

»Es bleibt natürlich die Unsicherheit, wie sich das weiterentwickelt«, sagte Bob. »Wie weit der Unbekannte womöglich geht. Bis jetzt stehen keine Drohungen in den Briefen. Aber was ist, wenn sich der Erfolg nicht einstellt? Oder besser: wenn sich dein Misserfolg nicht einstellt? Muss der Briefeschreiber dann nicht zu härteren Maßnahmen greifen? Sich mehr aus der Deckung wagen? Dich stärker bedrohen?«

Karen drehte nervös ihre Kaffeetasse zwischen den Fingern. Natürlich, das war die Frage. Was würde noch passieren, was würde der unheimliche Briefeschreiber sich noch ausdenken? Sie guckte unruhig umher. Ihr Blick blieb an Justus hängen, der ihr ruhig in die Augen schaute. Etwas zu lange, dachte Bob. Kein Zweifel, Justus fand Karen toll. Was durchaus zu verstehen war. Gerade als Bob etwas sagen wollte, um die durch seine Schlussfolgerung entstandene Situation wieder zu entspannen, fand Justus in seine Detektivrolle zurück. Ganz sachlich kam die Frage: »Wer könnte ein Interesse an deinem Misserfolg haben?«

»Die Konkurrentinnen«, platzte Peter dazwischen.

»Natürlich gibt es viele Eifersüchteleien«, antwortete Karen, »aber mit solchen Methoden zu arbeiten, das traue ich keiner zu.«

»Es könnte auch aus deren Umfeld kommen: Trainer, Betreuer, Fans, Ehemänner, Freunde«, meinte Justus.

»Trainer und Betreuer sind natürlich hier, aber ich kann mir nicht vorstellen, dass die etwas damit zu tun haben. Die Ehemänner und Freunde reisen eigentlich nicht mit uns. Aber ich will mal überlegen, ob mir an allen drei Orten jemand aufgefallen ist. Es wäre aber ein riesiger Zufall: In solch großen Skiorten kann sich jeder unauffällig bewegen, wenn er es nur will.«

»Wer gehört eigentlich alles zu so einem Team dazu?«, wollte Bob wissen.

Karen zählte auf. »Ein Cheftrainer, je ein Trainer für die so genannten technischen Disziplinen Slalom und Riesenslalom, einer für den Abfahrtslauf und zusätzlich zwei Hilfstrainer. Zwei Physiotherapeuten sorgen dafür, dass wir auch psychisch und körperlich gut eingestellt sind. Dann sind im Team natürlich die Fahrerinnen, das sind bei uns ungefähr zwölf. Und schließlich von jeder Skifirma ein oder zwei Servicemänner, die die Skier in Ordnung halten.«

»Eine Menge Leute«, stellte Bob fest. »Dann hat also jede Fahrerin eine eigene Skifirma und damit einen eigenen Servicemann?«

»Natürlich. Die Skifirmen sind untereinander ja Konkurrenten. Jede Firma lässt deswegen nur die eigenen Leute an die Skier.«

Justus verfolgte die Richtung weiter: »Dieser Punkt könnte ziemlich wichtig sein. Schließlich ist beim Sport immer viel Geld im Spiel. Letztlich seid ihr Läuferinnen ja auch ein wichtiger Werbeträger für die jeweilige Skifirma. Durch Erfolge im Weltcup verspricht man sich gute Verkäufe bei den vielen Freizeitsportlern. Was für eine Marke fährst du eigentlich?«

»ZACK, ein europäisches Fabrikat. Ich bin wirklich sehr zufrieden.«

»Und die anderen Fahrerinnen?«

»Die großen Marken halt. V5, Downhill, SPEED . . .«

»SPEED«, murmelte Bob und dann lauter: »Wer fährt SPEED?«

»Armanda James aus Kanada, Ann-Lisa aus der Schweiz, Petra Hofer aus Österreich, und dann auch Nicola, meine Zimmergenossin.« Bob schrieb eifrig mit.

»Warum fragt ihr ausgerechnet nach SPEED?«, wollte Karen wissen.

Peter ergriff das Wort und spielte den Vorfall auf der Herfahrt deutlich herunter: »Ein SPEED-Laster ist gestern vor uns die Berge hinaufgefahren. Eigentlich nichts Besonderes. Wir haben ihn gesehen und uns die Firma gemerkt.«

»Das ist tatsächlich nicht ungewöhnlich«, sagte Karen. »Alle großen Firmen sind hier und begleiten ihre Fahrerinnen. ZACK ist auch da. SPEED hat sogar eine Teststrecke hier.«

Beim Stichwort SPEED blickte sich Bob im Café um. Vielleicht wurden sie wie vorhin am Zielhang wieder beobachtet. Inzwischen waren ein paar mehr Gäste eingetroffen, aber niemand schien ihren Tisch zu beachten. Die Männer von SPEED konnte Bob nicht entdecken.

Justus fasste zusammen: »Wir haben also eine ganze Menge möglicher Verdächtiger: Fahrerinnen, Trainer, Betreuer, Ehemänner, Freunde, Firmenangestellte . . . Auch an einen Verrückten, der sich nur wichtig machen will, sollten wir denken. Nicht einfach!«

»Wir werden uns auf alle Fälle ein bisschen umsehen«, sagte Peter. »Wenn wir in deiner Nähe bleiben, hat das ja vielleicht auch noch einen anderen Vorteil: Du kannst uns das Skifahren beibringen.«

»Sicher.« Endlich lachte Karen wieder. »Wenn mir dazu Zeit bleibt. Ich bin ja nicht auf Urlaub hier, sondern soll nebenbei das eine oder andere Rennen gewinnen. Und außerdem: So sportlich, wie du aussiehst, fährst du bestimmt nicht schlecht!«

Peter freute sich über das Kompliment und wollte aufstehen. Doch Justus hatte noch eine Frage. »Noch mal zurück zu einem früheren Punkt in unserem Gespräch: Hast du eigentlich einen Freund?«

Bob und Peter blickten ihn scharf an. Nicht genug, dass Justus von Karen sichtlich beeindruckt war, nun auch noch diese persönliche Frage. Was würde Lys wohl dazu sagen?

Aber Karen schmunzelte. »Na ja, ich hatte mal einen Freund, aber jetzt bin ich frei, wenn es das ist, was du wissen willst. Aber denk daran, du bist mein Cousin! Und außerdem habe ich als Profifahrerin sowieso keine Zeit für Freunde . . .«

Justus bekam einen roten Kopf. »Nein, nein. Eine rein kriminologische Frage«, druckste er herum. »Schließlich soll es ja auch eifersüchtige Freunde geben . . .« Und eifersüchtige Freundinnen, dachte Bob.

Für Peter war das Thema damit erledigt. »Lasst uns bezahlen«, schlug er vor, »und endlich richtig loslegen.«

Bob nickte und schaute sich noch einmal im Café um. Obwohl er wieder nichts Auffälliges wahrnahm, hatte er das beklemmende Gefühl, dass sie beobachtet würden.

Peter riskiert viel

Die drei ??? verließen zusammen mit Karen das Café, um sie zum Skibus zu begleiten, der sie zurück zur Piste fuhr. Die Freunde winkten ihr nach. Dann beratschlagten sie das weitere Vorgehen und entschieden den Nachmittag getrennt voneinander zu verbringen, um nicht zu viel Zeit zu verlieren. Karen hatte erzählt, dass am Nachmittag ein Zeittraining stattfinden sollte. Justus nahm sich vor zum Startplatz des Trainingslaufs zu fahren, um dort einmal Nicola unter die Lupe zu nehmen. Immerhin war sie nicht nur die Zimmergefährtin, sondern auch eine scharfe Konkurrentin von Karen. Sie hatte sportliche Probleme und sie fuhr SPEED. Er wollte herausbekommen, ob die zwei freundlichen Herren von der Herfahrt ihre Servicemänner waren. Auch hatte Nicola als Zimmergenossin die beste Gelegenheit, die Briefe unbeobachtet unter der Tür hindurchzuschieben oder sie sogar selbst zu »finden«. Das war auf alle Fälle eine nähere Nachforschung wert.

Bob konnte sich eine kleine Stichelei nicht verkneifen: »Und Karen ist auch oben, Justus. Da kannst du ihr wieder viele kriminologische Fragen stellen.«

Justus stieß ihn mit dem Ellenbogen unsanft in die Rippen. »Karen haben wir genug befragt. Aber vielleicht kann ich bei der Gelegenheit noch einige der anderen Fahrerinnen kennen lernen. Denn an dem Zeittraining heute Nachmittag werden auch die Läuferinnen der anderen Nationen teilnehmen.«

»Na, dann grüß Picabo von mir«, grinste Peter. Er selbst wollte sich um SPEED kümmern. Vielleicht konnte er herausbekommen, ob in dem Lieferwagen wirklich nur Skier transportiert wurden und was die beiden Männer zu verbergen hatten. Verdächtig genug hatten sie sich ja benommen, die beiden SPEED-Angestellten. Auch der Konkurrenzdruck unter den Skifirmen machte SPEED eindeutig zu Fährte Nummer zwei.

»Geh vorsichtig vor«, warnte Justus den Zweiten Detektiv. »Nicht zu viel riskieren.«

Den vermeintlich besten Job hatte Bob. Er durfte endlich seiner Freude am Snowboardfahren nachgeben und ein wenig üben. Allerdings sollte er immer in der Nähe der Trainingspiste bleiben und diese im Auge behalten. Vielleicht fiel ihm ja ein geheimnisvoller Verrückter auf. Karen hatte den drei ??? einen Startplan für den Trainingslauf gegeben, so dass Bob sehen konnte, welche Läuferin gerade fuhr und wann Karen an der Reihe war.

Am frühen Abend wollten sie sich wieder in ihrer Wohnung treffen und die neuen Erkenntnisse besprechen. Das Hotel *Sonnenalpen*, in dem die deutsche Mannschaft wohnte, brauchten sie heute Nacht zum Glück nicht beschatten: Karen hatte erzählt, dass die Betreuer einen Wachdienst rund um die Uhr organisieren wollten, um den Hoteltrakt, in dem Karens Zimmer lag, zu überwachen. »Vielleicht schauen wir heute Abend aber trotzdem im *Sonnenalpen* nach dem Rechten«, meinte Justus. »Sicher ist sicher.«

Bob nickte. »Außerdem dürfen wir Mrs Seven nicht enttäuschen. Sie erwartet von uns gute Arbeit.«

Peter beschloss als Erstes zum Hotel *Sun Park* zu gehen, in dem die SPEED-Techniker übernachteten. Vom Skibus aus hatte er den Lieferwagen bereits dort parken sehen. Es war eine der ersten Adressen am Ort. Sogar ein beheiztes Außenschwimmbad gab es dort.

Bereits nach wenigen Minuten stand Peter an der Rezeption des Hotels. Eine nette Empfangsdame sprach ihn an. Peter entschloss sich zu einer frechen Improvisation und behauptete einer der SPEED-Testfahrer für Jugendski zu sein.

»Leider bin ich zu spät eingetroffen. Können Sie mir sagen, wo ich die anderen finde?« Peter setzte sein freundlichstes Lächeln auf. Er wusste nicht einmal, ob es überhaupt Jugendski-Testfahrer gab. Zum Glück hatte die Frau an der Rezeption ebenfalls keinen Schimmer: Sie glaubte ihm seine Geschichte sofort. Allerdings war die Empfangsdame hilfsbereiter, als es Peter lieb war. Sie griff zum Telefon und wollte die SPEED-Techniker informieren, dass sie ihren Testfahrer abholen könnten.

»Das ist überaus freundlich von Ihnen.« Peter blickte der Empfangsdame tief in die Augen. »Aber Sie würden mir mehr helfen, wenn Sie dort nicht anrufen. Äh, wissen Sie, ich möchte den Herren von SPEED keine Umstände machen. Die sind sowieso immer sehr leicht gereizt.« In den Augen der Empfangsdame las Peter, dass auch sie die beiden Männer nicht gerade für die nettesten hielt. Damit hatte er so gut wie gewonnen. »Ich werde den Weg schon alleine finden, wenn Sie mir nur sagen, wo SPEED trainiert«, fuhr er fort.

»Aber ja«, sagte die Rezeptionsfrau und lächelte Peter an. »Ich hoffe, dass Sie nicht zu viel Ärger bekommen. Schauen Sie hier.« Sie zog den örtlichen Pistenplan hervor und erklärte Peter genau, wo in den Bergen sich die SPEED-Leute aufhielten. Er erfuhr, dass die Skitechniker für ihre Tests eine kleine abgelegene Berghütte gekauft hatten. Peter zeichnete sich den Ort möglichst exakt auf seiner Skikarte ein.

»Vielen Dank für Ihre Hilfe«, sagte er, lächelte freundlich und verließ das Hotel.

Er beschloss noch einmal kurz beim Appartement vorbeizugehen. Die beiden anderen Detektive sollten sicherheitshalber eine Mitteilung bekommen, wohin genau er sich auf den Weg gemacht hatte. Peter zeichnete rasch auf einen Zettel den Ort der Berghütte, schrieb »SPEED-Teststrecke« daneben und warf das Papier in den Briefkasten des Malers. Mit Kreide malte er noch schnell ein ? auf die Außenklappe. Es war ein altes und vielfach bewährtes Erkennungszeichen der drei Detektive.

Das von SPEED genutzte Haus lag nicht vorne am Summit Elevation, sondern etwas abseits auf der Rückseite des Bergs. Nicht weit von den berühmten Black Bowls, den schwierigsten Pisten des gesamten Skigebietes. Peter freute sich auf die Herausforderung, von den Black Bowls hatte er schon viel gehört. Aber ein leichtes Kribbeln spürte er dennoch in der Magengegend. Immerhin war er alleine und musste sehr vorsichtig fahren, damit er nicht stürzte.

Mit den Hochgeschwindigkeitsliften brauchte Peter nicht lange, um zum Gipfel des ausgedehnten Skigebiets zu gelangen. Dann orientierte er sich weiter in die Bergwelt hinein. Von Lift zu Lift merkte er, wie die etwas ungeübteren Skifahrer wegblieben und es immer leerer wurde. Die Abfahrten bereiteten Peter weniger Probleme, als er befürchtet hatte, obwohl sie wirklich schwierig waren: an vielen Stellen sehr eng und steil und zum Teil noch nicht einmal von den Pistenfahrzeugen präpariert. Doch Peter war ein sehr guter Skifahrer, der schon früh auf den Brettern gestanden hatte.

Von zwei Liften musste sich Peter noch einmal hochziehen lassen, dann war er auf der Piste, von der aus man zur Hütte gelangen konnte. Wenn man nicht darauf achtete, übersah man die Stelle leicht, aber Peter fuhr sehr langsam und bemerkte sofort die Skispuren im Schnee, die aus der Piste ausscherten und hinter einem kleinen Hügel im Wald verschwanden. Mit einem eleganten Bremsschwung kam Peter auf der Anhöhe zum Stehen.

Die Spuren liefen in den Wald hinein. Zwischen den Bäumen war die Hütte gerade noch erkennbar. Am Rand des Waldes war ein Seil gespannt, an dem mehrfach das gleiche Schild befestigt war: »Privatgelände! Betreten verboten!« Wenn Peter diesen Weg wählen und ihn jemand entdecken würde, wäre sofort klar, dass er sich mit allzu neugieriger Absicht der Hütte genähert hatte. Peter glitt daher zurück zur Piste und fuhr erneut bis zur unteren Liftstation. Er wollte den Lift noch einmal nehmen, um diesmal weiter oben von der Piste abzufahren.

Eine kleine Waldschneise am Rande der Piste schien ihm geeignet. Peter wartete, bis die anderen Läufer an ihm vorbeigefahren waren und er ungesehen in den Wald gleiten konnte. Er wollte kein Risiko eingehen. Nur langsam kam er im Tiefschnee vorwärts. Als er ungefähr die Hälfte der Strecke geschafft hatte, tauchten plötzlich gleichzeitig ein Baum, ein größerer Stein und ein abgebrochener Ast vor ihm auf. Selbst Peter reagierte zu spät und landete im Schnee. Die Skier lösten sich.

»Vielleicht ist es ganz gut so«, murmelte Peter, rappelte sich hoch und schulterte die Skier. In seinen schweren Stiefeln stapfte er weiter durch den dichter werdenden Wald, bis er auf einmal wieder die Hütte zwischen den Bäumen erkennen konnte. Sie war nicht mehr weit. Peter blieb einen Moment stehen und blickte sich genau um. Ihm fiel nichts Ungewöhnliches auf. Die Hütte lag still da. Trotzdem wollte er vorsichtig sein. Er beschloss sich der Hütte von unten zu nähern. Von dort aus würden die unfreundlichen Bewohner keinen Besuch erwarten. Dazu musste er einen weiten Bogen gehen. Nach einer Weile kreuzte er den Zufahrtsweg. Die

Skier wurden ihm allmählich zu schwer und Peter versteckte sie hinter einem Holzstapel. Als er sich der Rückseite der Hütte näherte, sah er, dass dort eine versteckt gelegene Skipiste abwärts führte. Wahrscheinlich die Teststrecke.

Wie erhofft hatte die Hütte auf der Rückseite nur zwei Fenster und keine weitere Tür. Peter fielen die Spuren im Schnee auf, die rund um das Haus führten. Darunter waren auch die Abdrücke eines Tieres, vermutlich von einem Hund. Umso mehr musste er aufpassen. Vorsichtig bewegte sich Peter auf das Haus zu. Er kauerte sich unter eines der Fenster. Die Stimmen von zwei Männern waren zu hören. Peter glaubte die eine wiederzuerkennen. Das musste der Bärtige sein, der sie auf der Herfahrt so unfreundlich abgewiesen hatte.

»Langsam müssen wir mal einen Erfolg einfahren. Wenn das so weitergeht, steht ZACK am Ende der Saison wieder als der große Sieger da. Das würde mir schwer stinken. Dir doch auch, Patrick, oder?«

»Ja, unser Chef will Erfolge. Nicola und Petra müssen einfach stärker rauskommen«, antwortete der Angesprochene, vermutlich der kleine Unrasierte. »Auch Ann-Lisa aus der Schweiz, wenn die nur nicht dauernd andere Sachen im Kopf hätte. Aber selbst wenn: Sie alle kommen in den Medien nicht so toll rüber wie Karen. Am ehesten noch die Petra. So ein Mist, dass wir Karen nicht für uns abwerben konnten. Die würde uns mit ihrer Beliebtheit ganz schöne Zuwächse bescheren.«

Es ging also mal wieder ums Geld. Und um den Erfolg der verschiedenen Skimarken. Ein höchst aufschlussreiches Gespräch, fand Peter. Und von hier draußen auch ziemlich gut zu verstehen.

»So nett wie die Sulzenberger sich auch geben mag, was ihre Skifirma angeht, ist sie wirklich ein harter Brocken. Noch nicht mal mit Geld kann man sie locken. Aber jetzt ist ja der Blonde an ihr dran . . .«

Peter rückte dichter an die Wand. Das interessierte ihn sehr.

»Ach, der Blonde. Ich halte ihn für einen Trottel. Ob das was bringt?«

»Lass den mal machen! Heute Abend weiß ich mehr.«

Ein Stuhl wurde gerückt. Dann sprach Patrick wieder. »Mich ärgert nur, dass der neue Geheimski noch nicht richtig läuft. Auf der Geraden ist er einfach noch zu instabil. Die Fahrerinnen werden Angst haben, ihn beim Rennen voll auszufahren. Am ehesten müsste von ihrer Fahrweise her eigentlich Nicola mit ihm zurechtkommen. Wir sollten sie stärker aufbauen, auch wenn sie sich nicht so gut vermarkten lässt.«

»Ja, setzen wir sie mal mit dem neuen Ski ein«, entgegnete der Bärtige in seinem unfreundlich barschen Ton. »Wie wäre es beim Training nächste Woche? Wir sagen ihr, der Ski sei bestens in Ordnung. Das mit den Schwingungen sei absolut normal. Da passiert doch nichts. Die soll sich nicht so anstellen. Überhaupt, was soll das alles mit diesem ganzen Sicherheitsdenken!«

»Aber er ist doch nun mal nicht richtig getestet. Ist das Risiko nicht viel zu groß? Wenn ein Unfall passiert, sind wir dran. Wenn rauskommt, dass der Ski schuld war, ist das Geschäft kaputt.«

»Selbst wenn was passiert, muss das für uns keine Konsequenzen haben. Wir schieben es einfach Nicola in die Schuhe. Es war dann halt ein Fahrfehler. Das kriegen wir schon hin.«

»Aber wenn der Läuferin was passiert?«

»Du weisst doch, was der Chef dazu meint. Das belebt das Ski-Geschäft!« Beide lachten.

Peter traute seinen Ohren nicht. Er musste unbedingt Nicola vor diesen Skiern warnen. Er richtete sich etwas auf.

»Halt mal, ruhig«, hörte er plötzlich den Bärtigen zischen. »Da draußen ist doch jemand. Mir gefällt das sowieso nicht, permanent diese Herumschnüffelei. Da will uns doch einer ans Handwerk.«

Ein Hundeknurren war zu hören. Peter hatte sich also nicht getäuscht. Es waren tatsächlich Hundespuren im Schnee. Ihm wurde es heiß und kalt. Er hatte doch kaum ein Geräusch gemacht. Was hatten die Männer nur gesehen oder gehört? Stühle kratzten über den Boden, die Männer standen auf. Die Tür an der anderen Seite des Hauses wurde geöffnet. »Fass, Truck, fass!«

Das Tier jagte hinaus. Angespannt wartete Peter. Aber der Hund kam nicht zu ihm. Er lief offenbar den Hang aufwärts. Lautes Gebell, ein Aufschrei: »Nehmt den Hund weg!«

Peter zog einen kleinen Taschenspiegel aus der Tasche und hielt ihn vorsichtig in Bodennähe um die Hüttenecke. Damit konnte er die Situation überblicken: Ein mittelgroßer Hund hatte einen Skifahrer gestellt, der den verbotenen Weg heruntergefahren war. Und nicht nur gestellt, er hatte ihn offenbar sogar gebissen. Jedenfalls hielt sich der Mann den einen Arm. Doch die SPEED-Männer ließen sich sehr viel Zeit, den Hund zurückzurufen. Dann befahlen sie dem Mann in die Hütte zu kommen. Er folgte mit schmerzverzerrtem Gesicht. Ein Glück, dass ich nicht diesen Weg genommen habe, dachte Peter und nahm seine frühere Position wieder ein. Nun wird es auf alle Fälle spannend da drin.

Justus ahnt Schlimmes

Nachdem er sich von Peter und Bob verabschiedet hatte, beeilte sich der Erste Detektiv wieder auf die Piste zu kommen. Noch einmal zu der Trainingsstrecke hochzufahren fand er ausgesprochen verlockend. Besonders freute er sich auf die schnelle Wiederbegegnung mit Karen, die ihm mehr imponierte, als ihm eigentlich lieb war. Vor allem, wenn er an Lys dachte, die jetzt zu Hause saß. Andererseits hockte Lys sicher auch nicht die ganze Zeit hinter ihren Büchern, sondern trieb sich bestimmt auf der einen oder anderen wilden Party herum. Zumindest stellte Justus sich das jetzt so vor. Also, fand Justus, konnte er ruhig für seine Cousine schwärmen, auch wenn es keine richtige war.

Mit ein paar besonders eleganten Schwüngen wollte Justus auf den Startplatz des Frauentrainings einfahren. Schließlich war er Erster Detektiv und schließlich war er – wenn auch nur in den Augen der anderen – der Cousin einer berühmten Skiläuferin. Doch zunächst hielten ihn zwei Aufpasser davon ab. Sie standen an der Einfahrt zum Startraum und winkten ihn heraus wie zwei Autobahnpolizisten. Nach ein paar Rückfragen durfte Justus passieren.

Dann verpatzte er allerdings selbst seinen galanten Auftritt: Statt auf die Strecke zu achten, blickte er sich Beifall heischend nach Zuschauern um und suchte nach dem Gesicht von Karen. Dabei übersah er prompt eine Bodenunebenheit und landete schmerzhaft auf seinem Hintern. Typischer Fall von Anspruch und Wirklichkeit, dachte Justus und beeilte sich wieder auf die Beine zu kommen. Mit rotem Kopf klopfte er sich den Schnee von der Jacke.

Karen löste sich aus der Gruppe, in der sie stand, und kam lachend auf ihn zu. »Ein bisschen Übung könnte dir nicht schaden, mein lieber Cousin. Aber ich kann dir jetzt keine Nachhilfestunde geben. Wir müssen gleich zum Trainer. Mannschaftsbesprechung. Das dauert vielleicht eine halbe Stunde, so lange musst du dich noch gedulden.«

Justus war einverstanden, was blieb ihm auch anderes übrig. Karens gute Laune wirkte etwas aufgesetzt. Die Sache mit den Briefen schien sie doch sehr mitzunehmen. Zusammen mit den anderen deutschen Fahrerinnen verschwand sie in ein extra für dieses Training aufgestelltes Zelt. Justus blickte sich um. Die Österreicherinnen und Schweizerinnen hatte er schnell an den Skianzügen erkannt. Bei ihnen schien die Laune bestens, ausgelassen, auch zwischen den einzelnen Fahrerinnen unterschiedlicher Nationen. Klar, man kannte sich schließlich zum Teil schon sehr lange. Justus entdeckte unter ihnen Ann-Lisa Lutz aus der Schweiz und die Österreicherin Petra Hofer. Sie sprachen angeregt miteinander.

An einem Holztisch vor einer Skihütte saßen zwei Männer, die aussahen, als wären sie vom Fernsehen.

Große Taschen und Koffer, wie man sie für Kameras benutzt, standen um sie herum. Die beiden tranken Kaffee und unterhielten sich. Justus beschloss sich zu ihnen zu setzen. Von Presseleuten konnte man immer etwas erfahren.

Es stellte sich heraus, dass es deutsche Journalisten waren, die fast die gesamte Wintersaison lang die Rennen der Damenmannschaft begleiteten. Ein Redakteur namens Harry Langbinder und ein Kameramann, der sich als Franz Bierbichler vorstellte. Justus zog es vor seine Cousin-Story zu verschweigen. Die Journalisten hätten ihn sonst sicher über Karen ausgefragt, ihn in Widersprüche verwickelt und möglicherweise noch per Archiv oder Recherche herausgefunden, dass das alles nicht stimmte. So erzählte er einfach, dass er sich als Amerikaner bei der Organisation nützlich machte.

Der Redakteur arbeitete bei einer großen Fernsehgesellschaft. Zwar klagte er ein wenig über den ständigen Druck, Beiträge zu liefern, aber insgesamt machte er doch einen sehr erholten Eindruck. Er war ein Skifreak und schon bald waren sie bei dem Thema angelangt, das Justus besonders interessierte: das Verhältnis von Karen Sulzenberger und Nicola Schalla.

»Ihr Europäer und besonders ihr Deutschen habt ja wirklich gute Skifahrerinnen«, begann er Harry Langbinder Honig um den Mund zu schmieren. Er wollte ihn zum Reden bringen. »Unsere Picabo hat doch keine Chance mehr, auch wenn ich es ihr noch so sehr gönne, weil sie so ein nettes Mädchen ist«, hörte er sich sagen. »Selbst hier in Amerika wird sie nicht gewinnen.« Langbinder stimmte ihm zu, obwohl er gnädigerweise einschränkte, dass auch Picabo eine ganz gute Fahrerin wäre.

»Karen ist als Typ doch ein genauso tolles Mädchen wie Picabo«, warf Bierbichler ein. »Du brauchst nur die Kamera auf sie zu halten und die Leute sind begeistert. Ein unheimlich munterer, lustiger und fotogener Typ. Die Werbefirmen reißen sich um sie.«

»Ganz im Gegensatz zu Nicola«, ergänzte Harry Langbinder. »Die ist ja absolut verschlossen, wenn eine Kamera auftaucht. Du kriegst nichts aus ihr raus. Jedes Interview ist eine Qual. Mir fallen überhaupt keine Fragen mehr ein. Sie sagt sowieso nur ›Ja‹ oder ›Nein‹. Bei Karen brauche ich nur das Mikro hinzuhalten. Die Karen, die kann sich verkaufen. Was die auch anpackt . . .« Er blickte versonnen auf seinen Kaffeebecher. »Nur schade, dass sie immer weniger Zeit hat. Der Rummel um sie wird größer und größer. Früher, weißt du noch, Franzl, da haben wir noch Abende lang zusammengesessen und Erfolge wie Misserfolge mit schweizerischem, österreichischem, französischem oder kalifornischem Wein begossen. Je nachdem, wo die Rennen gerade stattfanden.«

»Stimmt, da haben wir das eine oder andere Glas geleert«, ergänzte Bierbichler fröhlich. »Wobei die Mädels ja immer beim Alkoholfreien geblieben sind. Ist eigentlich auch viel gesünder, nicht wahr, Harry?«

Das Gespräch drohte eine andere Wendung zu nehmen. Justus versuchte gegenzusteuern: »Wenn Karen Sulzenberger und Nicola Schalla so verschieden sind, warum wohnen die beiden dann auf einem Zimmer? Verstehen die sich denn, wenn sie so total verschieden sind?«

»Na, so ganz klar ist das nicht.« Es war wieder Langbinder, der redete. »Ab und zu gibt es schon mal Gerüchte um Streitigkeiten. Wir haben natürlich unsere Kontakte zu allen Fahrerinnen und Betreuern, aber so richtig was lassen die darüber nicht raus.« Bierbichler nippte an seiner Tasse, obwohl sie schon leer war. Er blickte sich um. »Die Mannschaftsbesprechung ist zu Ende«, rief er plötzlich. »Komm schon, Harry, lass uns fragen, was es Neues gibt.«

Langbinder und Bierbichler standen auf. »Ciao«, sagten sie und nickten Justus zu, »die Pflicht ruft. Viel Spaß noch.«

Die Journalisten pickten sich den Cheftrainer heraus. Justus winkte Karen zu, die zusammen mit Nicola aus dem Zelt getreten war. Die beiden kamen zu ihm und Karen stellte Justus als ihren amerikanischen Cousin vor. Aha, dachte er, so groß ist die Freundschaft also nicht. Von unserem wahren Auftrag hat sie ihr nichts erzählt. Offenbar weiß wirklich niemand Bescheid.

Ein Mann, der ebenfalls im Zelt gewesen war, kam vorbei und sprach kurz mit Nicola, ohne dass er die beiden anderen beachtete. »Ihr Servicemann von SPEED«, berichtete Karen. »Ich habe dir ja heute Mittag erzählt, dass wir jeweils Techniker haben, die unsere Skier in Ordnung halten.« Justus nickte. Dann arbeiten die beiden Männer aus dem SPEED-Lieferwagen also eher im Hintergrund, dachte er sich. Dieser hier war jedenfalls auf der Herfahrt nicht dabei gewesen. Inzwischen hatte sich der Mann schon wieder von Nicola verabschiedet und verschwand in Richtung Verpflegungshütte.

In Kürze sollte das Zeittraining beginnen. Da Karen gleich nach einigen Österreicherinnen an der Reihe war, wollte sie sich gerne zurückziehen. »Vielleicht kann dir Nicola noch etwas vom Ablauf hier erzählen«, sagte Karen zu Justus. »Ich gehe noch einmal hinüber zum Physiotherapeuten, zur letzten Entspannung.«

Nicola war die Situation sichtbar unangenehm. Sie wusste nicht, was sie mit Justus anfangen sollte. Meine Chance, dachte Justus und ergriff die Initiative. »Das finde ich nett von dir, dass du dir ein paar Minuten Zeit für mich nimmst. Ich habe Karen in den letzten Jahren kaum gesehen.« Damit wollte Justus schon einmal vorab mögliche Wissenslücken entschuldigen. »Nicola, du bist doch ihre Zimmergenossin?«

Sie nickte und sagte nichts. Justus überlegte, dass ihre Sprachlosigkeit vielleicht auch damit zusammenhing, dass sie schlecht oder kein Englisch sprach. »Spreche ich zu schnell? Tut mir Leid, ich werde mir mehr Mühe geben. Mit meinem Deutsch steht es leider nicht zum Besten.«

»Nein, ist schon okay«, sagte Nicola.

Justus plauderte ein wenig herum, in der Hoffnung, dass Nicola auftaute. Mit den Journalisten vorhin war es um einiges leichter gewesen ins Gespräch zu kommen, dachte er sich. Heute bin ich wirklich als Psychologe gefragt. Er erzählte etwas von seinen mangelhaften Skikünsten, von dem warmen Wetter in Kalifornien, vom Leben in Hollywood, den Filmstars, die man dort manchmal sehen konnte, und kam dann wieder auf das schwierige Leben als Cousin zu sprechen, wenn die Cousine auf einem anderen Kontinent wohnt. »Allein die Telefongebühren«, stöhnte er.

Nicola lachte. Langsam taute sie auf. Das Gespräch lief immer besser.

Da entschloss sich Justus zu einem Bluff: »Karen hat mir erzählt, dass ihr euch gerade nicht so blendend versteht.«

Nicola sprang sofort darauf an. »Wieso hat sie das erzählt? Das ist mal wieder typisch!« Nicola blickte ihn wütend an und sagte etwas auf Deutsch, es klang wie »Quatschtante«. Etwas versöhnlicher fuhr sie fort. »Aber gut, es ist ja etwas dran. Ist doch klar: Deine Cousine ist ein ganz anderer Typ als ich. Ich bin halt viel stiller. Und jetzt ist sie auch noch so erfolgreich. Ich fahre nur noch hinter ihr her.«

»Tja, und die Medien stürzen sich außerdem alle auf Karen«, meinte Justus entschuldigend.

»Ja, aber eigentlich ist mir das auch ganz recht. Da habe ich wenigstens meine Ruhe. Was mir viel mehr zu schaffen macht: Die Journalisten berichten ganz anders über mich. Sie stellen immer meine Misserfolge besonders heraus. Karen verzeihen sie alles. Aber es sind nicht nur die Journalisten.«

»Wie meinst du das?«, fragte Justus nach.

»Na ja, auch die im Team. Sogar die Trainer. Du musst wissen, dass ich nicht wie die anderen aus den Alpen komme. Ich bin aus dem Schwarzwald. Ich weiß nicht, ob du ihn kennst.«

»Ja, ich war mal auf der Schwäbischen Alb bei Stuttgart«, erinnerte sich Justus an einen der ehemaligen Fälle der drei ???.

»Das trifft es nicht ganz«, schmunzelte Nicola. »Aber der Schwarzwald ist gleich nebenan. Doch noch einmal zurück zu meinem Problem: Die Trainer kommen alle aus den Alpen und haben mir lange nichts zugetraut. Obwohl man bei uns auch gut trainieren kann. Du glaubst gar nicht, was ich mir schon habe anhören müssen. Dann lief es in den Rennen endlich besser und ich hatte meine Ruhe. Aber jetzt habe ich ein paar Slaloms vergeigt und war in der Abfahrt nicht in Form, jetzt werden die sicher bald sagen: ›Siehst du, wir haben es ja gleich gewusst!‹«

»Du musstest dich also besonders durchboxen?«

»Ja, ohne die Unterstützung von zu Hause und besonders auch durch meinen Freund wäre es mir nie gelungen. Am Anfang durfte ich noch nicht einmal bei sehr guten Trainingszeiten an den Rennen teilnehmen.«

»Du hast einen Freund?«

»Ja, auch wenn ich ihn nicht oft sehe. Durch meine Herumfahrerei. Aber er hilft mir sehr.«

»Ist er auch hier?«

»Am Sonntag, zum Rennen möchte er anreisen.«

Justus nickte. Während des Gesprächs versuchte er einzuschätzen, inwieweit Nicola ihm ehrlich antwortete oder ob sie etwas verbarg. Ganz klar wurde er sich nicht darüber, obwohl er vom Gefühl her dazu neigte, Nicola aus dem Kreis der Verdächtigen herauszunehmen. Er fühlte durchaus mit ihr. Der Druck der Medien war bestimmt gewaltig. Eine Ahnung davon hatten ihm ja gerade Langbinder und Bierbichler vermittelt, die wirklich deutlich gemacht hatten, dass die Medien und wohl auch die Zuschauer die netten, offenen Typen wie Karen bevorzugten. Eigentlich war das natürlich ungerecht. Aber da das Fernsehen nicht nur über den Sport, sondern zunehmend auch über die Sportler berichtete, mussten die Stars immer mehr zur Publikumsunterhaltung herhalten. Wer sich nicht dafür eignete, hatte schlechte Karten. Auch auf die Werbegelder wirkte sich das aus. Alles in allem natürlich ein starkes Motiv: Wenn dieser Druck zu groß wurde, konnte es dazu führen, dass sich die Unterlegene aus Eifersucht gegen die Konkurrentin wendete, der alles scheinbar so leicht gelang. Auch das ungerechte Verhalten der Trainer hatte die Konkurrenzsituation sicherlich verschärft. Und dann war da noch ihr Freund . . . Andererseits: Wenn Nicola tatsächlich hinter den Briefen stecken sollte, warum erzählte sie dann jetzt alles so offen?

Plötzlich bemerkte Justus einige Aufregung am deutschen Zelt. Ein Betreuer rief dem Trainer etwas zu und Nicola übersetzte es Justus: »Irgendein Fremder war im Zelt. Die Kopie der Startliste ist gestohlen worden!«

Justus und Nicola näherten sich der kleinen Ansammlung von Leuten. Auch Langbinder und Bierbichler waren dort. Justus hörte, wie der Betreuer einem Mitarbeiter der Rennorganisation berichtete, dass er die Kopie noch am späten Vormittag in seine Sporttasche gesteckt hätte. Nun habe die Sporttasche plötzlich offen dagestanden und die Liste sei spurlos verschwunden. Sonst fehle nichts.

»Merkwürdig«, murmelte Justus. In ihm arbeitete es fieberhaft. Was konnte das bedeuten? Das Zelt war nicht besonders gesichert. In einem unbeobachteten Moment hätte hier jeder hereinkommen können, wenn er nur gewollt hätte. Ihm selbst war nichts aufgefallen.

Langsam zerstreuten sich die Leute wieder. Die verschwundene Kopie einer Startliste für ein Training war zu verschmerzen. Auch die Journalisten gingen. So groß war die Sensation für sie nicht. Nicola verabschiedete sich. »Ich bin auch gleich mit meinem Lauf dran«, sagte sie. »Schau, da hinten geht Karen schon zum Starthäuschen.«

Justus blickte ihr nach. Dann näherte er sich dem Betreuer, der die Startliste vermisste. Er hörte, wie dieser dem Amerikaner erklärte, dass er sie einfach zusammengerollt oben in die Tasche gelegt hatte und gerade nachschauen wollte, wann seine Läuferin an der Reihe war. Justus schaute hinüber zu Karen und sah, wie sie sich noch einmal umdrehte und dann im Starthäuschen verschwand. Die Startliste, überlegte er. Wer hat ein Interesse daran? Wer klaut bloß eine Startliste? Und wozu? Und Karen. Gab es da eine Verbindung? Das Gespräch vom Vormittag. Bobs Frage, ob Karen nichts Schlimmeres befürchte. Die Botschaft »Augen auf die Piste«. Als ob zwei Stromleitungen sich berührten, durchfuhr ihn plötzlich die Erkenntnis des möglichen Zusammenhangs.

»Halt«, rief er und lief auf das Starthäuschen zu. »Halt! Karen, warte, Karen, nicht starten!« Doch Karen war bereits unterwegs.

Ein Junge namens Toni

Bob freute sich auf seinen Auftrag. Nachdem er sich von Justus und Peter getrennt hatte, lief er schnell zum Appartement. In Windeseile zog er sich die Snowboardkleidung über. Von einem Bekannten in der Schule hatte er sich eine lässige lange Schneejacke, eine weite Hose und spezielle Handschuhe ausgeliehen. Die gängige Kleidung für Snowboarder. Locker musste es schon aussehen, so, als ob man über den Dingen steht. Das war eine Seite am Snowboardfahren, die Bob gefiel. Einen eigenen Kult schaffen, sich vom Eingefahrenen abgrenzen, Leute mit ähnlichen Ansichten finden. Snowboardfahren konnte viel geselliger sein als Skifahren. Man saß mit seinen Freunden im Schnee und zeigte sich gegenseitig neue Techniken und Sprünge. Was Bob weniger gefiel war, dass aus der Snowboardszene auch schon wieder ein Riesengeschäft geworden war. Aber Spaß machte es trotzdem. Da konnte Peter behaupten, was er wollte.

Mit seinem einfachen Allroundboard unter dem Arm, das gerade recht für einen noch nicht sehr geübten Fahrer war, machte er sich auf den Weg. Jetzt ging es los: die drei ??? im vollen Einsatz.

Die wunderbare Landschaft, die Bob zunächst vom Lift aus genoss, und das tolle Wetter brachten ihn immer mehr in Stimmung. Oben angekommen, blieb er erst einmal an einer geeigneten Stelle stehen und betrachtete das Panorama und das vor ihm liegende Tal. Bob wollte die Gegend wenigstens einen Moment lang genießen. Für eine eindrucksvolle Natur hatte er stets ein offenes Auge. Aber auch für abwechslungsreiche Pisten. Etwas weiter unten saß eine Gruppe Snowboarder im Schnee, die einem ihrer Freunde zusahen, wie er auf dem Snowboard Sprungkunststücke vorführte.

Bob zog seinen Skiplan aus der Jacke. Ein paar Pisten und Lifte musste er noch auf- und abfahren, um an das Trainingsgelände zu gelangen. Von seinem Standpunkt aus konnte er in einiger Entfernung auf einem anderen Hang den Startraum erkennen. Dann fuhr er los. Zuerst versuchte er sich zum Aufwärmen in der Rollertechnik und stieß sich mit einem Bein ab. Doch bald stieg er mit beiden Beinen auf das Brett und wechselte zu ein paar schnelleren Driftschwüngen. Es lief fantastisch, obwohl die Strecke nicht leicht war. Der Schnee war weder zu weich noch zu hart. Gerade als er im aufkommenden Rausch das Board richtig laufen ließ, hebelte es ihn an einem Hügel aus. Bob drehte sich durch die Luft, landete seitwärts, rutschte weiter und fühlte sich plötzlich weich gestoppt. Jemand fiel über ihn.

»Hallo«, rief eine helle Stimme. »Bremst du immer in dieser erstaunlichen Technik?«

Bob drehte sich um und sah einen Jungen, der vielleicht etwas jünger war als er selbst. Dieser strahlte ihn munter an. Ein bisschen frech sah er aus mit seinen kurzen rötlichen Haaren, der Stupsnase und den vielen Sommersprossen. Dazu hatte er irgendeinen leichten Akzent in seinem Amerikanisch, den Bob so schnell nicht orten konnte.

»Hi«, sagte Bob noch ziemlich sprachlos.

»Sortieren wir uns erst einmal auseinander«, schlug die Stupsnase vor.

Wie sich herausstellte, hieß die Stupsnase eigentlich Toni und kam aus Wien in Österreich. Er war mit seinen Eltern hier, deren Traum es immer gewesen war, einmal in den Staaten Ski zu fahren. Und Toni durfte mitkommen. Einerseits langweilte er sich in Vail, da er mit seinem Snowboard alleine unterwegs war und seine Freunde natürlich alle in Europa Urlaub machten. Andererseits war er begeistert von den Bergen. »Eine Riesenlandschaft, tolle, trockene, kühle Luft und alles so locker.« Toni erzählte, dass in Europa die Skigebiete viel kleiner waren, man viel länger an den Liften anstehen musste. »Und das Bedienungspersonal ist auch so freundlich hier.«

Bob wunderte sich, dass in Europa Skifahrer und

Snowboarder immer auf den gleichen Pisten fuhren und nicht wie in den Staaten meist auf getrennten. Er hörte Tonis Komplimente über Amerika gerne, aber sie waren für ihn nicht mehr so selbstverständlich wie früher: Seit die drei ??? in Europa gewesen waren, wusste er, dass es auch anderswo auf der Welt schön war und dass man Amerika auch einmal von außen betrachten sollte. Bob erzählte Toni von den Orten, die sie in Europa gesehen hatten, und schwärmte ihm von dem guten Eis bei *Tichys* in Wien vor.

»Was, du warst in meiner Heimatstadt? Und es hat sogar ausnahmsweise mal die Sonne geschienen? Toll! Aber nebenbei: Ich mag lieber das Eis am Schwedenplatz. Es ist nicht so süß, dafür aber viel cremiger. Aber ihr Amerikaner steht ja auf süß . . .« Toni grinste ihn an.

Bob überhörte die kleine Stichelei und erzählte von den Schmugglern, wegen denen sie damals in Wien gewesen waren. »Dann seid ihr also Detektive«, schloss Toni messerscharf, »das klingt ja richtig spannend. Bist du nun auf Urlaub hier oder arbeitet ihr wieder an einem neuen Fall?«

Bob bejahte Letzteres. Er fand Toni nett, mehr noch: Obwohl sie sich erst kurz unterhalten hatten, schien es ihm, als kenne er Toni schon lange, wie einen guten Freund. Er vertraute ihm einfach. So erzählte er ihm von Karen und dem am Sonntag stattfindenden Rennen. Davon hatte Toni natürlich auch schon gehört. Dann schwärmte er seinem neuen Freund von Karen vor. Allerdings hatte er nicht mit der deutsch-österreichischen Rivalität gerechnet. Toni unterbrach ihn sofort.

»Karen Sulzenberger mag ja ganz nett sein, aber gegenüber unserer Petra Hofer aus Niederösterreich fehlt ihr einfach die fahrerische Eleganz!« Toni setzte noch einen drauf. »Wir haben sowieso viel höhere Alpen als die Deutschen.«

Bob grinste über das zum Vorschein kommende Konkurrenzdenken zwischen den europäischen Ländern und wollte etwas entgegnen. Doch plötzlich wurde ihm bewusst, dass sie schon eine ganze Weile miteinander geredet hatten. Dazu war er ja eigentlich nicht hier. Es wurde Zeit, zur Trainingspiste zu fahren. Toni wollte gerne mitkommen und Bob hatte nicht das Geringste dagegen.

Auf dem Weg nach unten zeigte ihm Toni noch ein paar Snowboardtechniken und -sprünge. Bob wollte sie lieber erst gar nicht ausprobieren. Toni war wirklich gut auf seinem Gerät. »Du hast wohl heimlich geübt«, witzelte Bob.

»Ich fahre jetzt schon den vierten Winter«, erzählte Toni stolz.

»Komisch, das Snowboard kommt aus Amerika und nun kann ich dir trotzdem was beibringen.«

Schließlich erreichten sie eine Stelle, von der aus sie dieselbe Steilkurve der Trainingsstrecke sehen konnten, die die Detektive am Vortag von der anderen Seite aus beobachtet hatten. Diesmal standen sie an der Innenseite der Kurve auf einem kleinen Hügel. Schräg unter ihnen lag die kleine Plattform im Wald, die sie gestern von der Skipiste aus erreicht hatten. Gerade zog wieder eine Läuferin ihre Bahn. Sie durchfuhr die Kurve und kam dann an dem Streckenposten vorbei, der am Kurvenende stand und, mit einem Handy ausgerüstet, die Fahrerinnen beobachtete. Falls ein Unfall passierte, konnte er über sein Funktelefon gleich Hilfe anfordern und das Rennen stoppen.

Bob zog den Startplan aus der Tasche und suchte nach der Nummer der Läuferin, die soeben aus seinem Blickfeld verschwunden war. Doch Toni war schneller. »Das war Petra Hofer, unser Top-Ass!«

Bob fand sie auf seiner Liste. Nach ihr kamen noch zwei Läuferinnen aus Österreich, dann war schon Karen Sulzenberger an der Reihe. Sie waren also noch nicht zu spät. Bob beobachtete die Umgebung. Zunächst fiel ihm nichts Besonderes auf. Inzwischen hatten sich weitere Snowboarder neben Bob und Toni in den Schnee gesetzt. Sie schauten ebenfalls den Rennläuferinnen zu und kommentierten das Geschehen. Obwohl sie eigentlich nicht viel vom Skifahren hielten, waren sie doch von der Geschwindigkeit und dem fahrerischen Können beeindruckt. Von ihrer Position aus konnten die Zuschauer die Einfahrt in die Kurve sehr gut überblicken und die Vorbereitungen der Fahrerinnen auf den nahenden Richtungswechsel beobachten. Die Sportlerinnen mussten die Strecke vorher genau besichtigt und ausgetestet haben, denn die Kurve war von der Piste aus nicht zu überblicken. Gleichzeitig mussten sie, um unter den ersten Läuferinnen dabei zu sein, das Optimum an Geschwindigkeit herausholen. Karen hatte erzählt, dass sie die Strecke beim Rennen so gut kenne, dass sie fast mit geschlossenen Augen fahren könne. Gerade raste die letzte Starterin der Österreicherinnen vorbei, nach der Liste war es Lisa Nimmerwahr.

»Lisa ist auch klasse«, sagte Toni, der offenbar alle Läuferinnen aus Österreich genau kannte. »Hat nur ein wenig Pech gehabt in der letzten Zeit.«

Die nächste Läuferin musste Karen Sulzenberger sein. Bob und Toni blickten gespannt und erwartungsvoll auf die Einfahrt in die Kurve. Sicherlich würde Karen kein bisschen langsamer sein als die bisherigen Fahrerinnen. Hoffentlich haben ihr die Briefe nicht zu sehr zugesetzt, überlegte Bob. Und hoffentlich hat sie alles im Griff.

Plötzlich nahm Bob aus den Augenwinkeln einen dunklen Schatten wahr. Unten, gegenüber auf der anderen Seite, am Waldrand. Da, wo sie gestern gestanden hatten. Bob blickte genauer hin, auch Toni schien etwas bemerkt zu haben. Sie sahen, wie ein Mann in dunkler Skibekleidung einen langen schweren Ast über den Schutzzaun wuchtete. Der Ast rutschte abwärts auf die Piste und kam mitten auf ihr zum Liegen. Bob schrie auf. In wenigen Momenten schon würde Karen angerast kommen, mit einem Höllentempo. Sie würde das Hindernis erst in letzter Sekunde sehen. Eine böse, vielleicht eine tödliche Falle! Die Fahrerin hat keine Chance rechtzeitig auszuweichen! Bob blickte panisch zur Kurveneinfahrt und sofort wieder zurück zum Hindernis. Der Mann war weg, im Wald verschwunden. Sinnlos, ihn zu verfolgen. Auf die Piste konnten sie jetzt ohnehin nicht. Das war viel zu gefährlich. Hilflos brüllte er: »Halt! Karen, halt!« Doch gleichzeitig wusste er, dass sie ihn natürlich nicht hören konnte. Toni hatte die Gefahr ebenfalls erfasst und schaute ihn entsetzt an. Sie konnten nichts tun, nichts, als rufend und winkend auf die Kurveneinfahrt zu starren, durch die im selben Augenblick eine ahnungslose Karen herangeschossen kam.

Schock im Schnee

Karens Ski rasten wie auf Schienen durch den Schnee. Bob, Toni und die Snowboardfahrer, die alle aufgesprungen waren, riefen und winkten oder verfolgten schweigend die Fahrt. Obwohl alles ganz schnell ging, sah Bob die Szene wie in Zeitlupe. Karen fuhr tief in der Hocke und bereitete sich auf die Kurve vor. Sie verlagerte den linken Ski leicht nach außen ohne dabei den Druck ganz vom Innenski zu nehmen, um nicht zu viel Geschwindigkeit zu verlieren. Wieder das kratzende Geräusch der schneidenden Kanten im harten Schnee. Sauber zog Karen ihre Bahn. Jetzt hatte sie etwa ein Drittel der Kurve durchfahren. Und da erst sah sie das Hindernis. Karen reagierte wie der Blitz. Sie nahm den Druck von den Kanten, so dass sie geradeaus schoss, direkt auf das Schutznetz zu. Jetzt versuchte sie zu bremsen und streifte dabei mit dem rechten Ski den Ast. Der Skistiefel bekam einen Stoß, die Bindung löste sich und der rechte Ski flog durch die Luft. Kurz stand Karen nur noch auf dem linken Bein, sie drehte sich, wirbelte herum und landete schon im Fangnetz.

Bob und Toni sahen entsetzt die am Boden liegende Läuferin. Kaum zu erahnen, was ihr passiert war. Einige Momente lag sie bewegungslos. Dann erschien der Streckenposten, in der Hand das Handy. Er beugte sich über Karen, griff ihr unter die Arme und . . . Karen stand. Wie durch ein Wunder, mehr noch aber durch ihre geistesgegenwärtige Reaktion schien sie das Attentat heil überstanden zu haben. »Uff«, seufzte Bob. Toni gab ihm einen Klaps auf die Schulter und die Snowboarder klatschten.

»Komm, wir fahren runter zu ihr«, sagte Bob zu Toni. »Der Streckenposten hat das Training per Handy bestimmt sofort unterbrochen.«

Karen stand immer noch an derselben Stelle und beugte sich mit durchgestreckten Beinen nach vorne, als wollte sie sich entspannen. Dann richtete sie sich wieder auf und bewegte die Arme. Sie testete der Reihe nach, ob noch alles in Ordnung war. Bob und Toni erreichten die Piste und fuhren in vorsichtigen Schwüngen auf Karen zu. Als sie näher herankamen, bemerkte Bob deutlich, dass Karen am ganzen Körper zitterte. Der Schock saß ihr noch mächtig in den Gliedern. Der Streckenposten stand neben ihr. Ein wenig erinnerte er Bob an einen guten Bekannten. Ein etwas älterer Mann, eher fülliger Statur, ein großer Kopf mit Halbglatze, herunterhängenden Wangen und Augenlidern, einem Cockerspaniel nicht ganz unähnlich. Er könnte als Bruder von Alfred Hitchcock durchgehen. Streng blickte er die beiden Ankömmlinge an. »Wer seid ihr?«

»Das ist nur Bob, ein Freund, lass, es ist okay«, murmelte Karen und lächelte sogar wieder ein wenig. »So einen verrückten Flug habe ich noch nie gemacht.«

»Ich bin Toni aus Wien«, stellte Toni sich vor, »toll, wie du reagiert hast. Artistisch. Wahnsinn. Und dir ist nichts passiert?«

»Nein, ich glaube, ich bin noch ganz heil«, antwortete Karen und blickte auf das Fangnetz, das schlaff von seiner Befestigung herunterhing. »Aber dem Zaun, dem geht es leider nicht mehr gut.«

Ein schwarzer Humor, wie Bob fand, aber er zeigte, dass sich Karen nicht so leicht unterkriegen ließ. Die

Skiläuferin zitterte noch etwas, doch Bob wollte den Augenblick nutzen und wandte sich an den Streckenposten. »Haben Sie erkannt, wer den Ast auf die Bahn geschoben hat?«

»Eine Person in einem rotschwarzen Skianzug. Aber das Gesicht von diesem teuflischen Kerl konnte ich nicht erkennen. Dazu war die Skibrille einfach zu groß. Wenn ich den zu fassen bekomme . . .«

Mehr hatte Bob von dem Mann auch nicht erkennen können. Selbst seine Größe war schwer einzuschätzen. Wie ein Pistenteufel hatte er ausgesehen, in seiner dunklen, rotschwarzen Kleidung.

Ein Rettungshubschrauber kam näher und kreiste kurz. Der Streckenposten sprach etwas in sein Handy. Dann entfernte sich der Hubschrauber wieder. Zum Glück wurde er nicht gebraucht. Dann kamen die ersten Betreuer aus der deutschen Mannschaft die Piste herunter. Auch einige Fahrerinnen waren darunter, nicht nur aus Karens Team. Der Vorfall musste sich oben wie ein Lauffeuer herumgesprochen haben. Der deutsche Trainer beachtete Bob nicht weiter, fuhr zu Karen und umarmte sie. »Was war überhaupt genau los? Wie kam denn dieser Ast hierhin?«

Bob und Toni zogen sich etwas zurück. Da sahen sie Justus, der im Vergleich zu den Rennläuferinnen in geradezu schildkrötenhafter Behäbigkeit die Piste heruntergekurvt kam. Angesichts der Schwierigkeit der Strecke für ihn dennoch eine Leistung. Justus kam zum Stehen.

»Hi, Justus«, rief Bob und stellte die beiden vor. »Das ist Justus, unser Erster Detektiv! Und das ist Toni, Snowboarder aus Wien. Wir haben uns vorhin kennen gelernt.«

»Hallo, ihr zwei«, sagte Justus. Er atmete kräftig durch und wandte sich grinsend an Bob. »Hast du dir von deinem kläglichen Aushilfsgehalt im Musikshop einen Einzelunterricht im Snowboardfahren geleistet?«

Bob nahm es gelassen und gab ihm einen Kurzbericht über den Ablauf der vergangenen Stunden, insbesondere natürlich der letzten Minuten mit dem Unfall von Karen. Justus ärgerte sich über sich selbst: »Ich war so nahe dran! Die Briefe an Karen, eine geklaute Startliste! Da hat sich ein Unbekannter für die Reihenfolge der Starterinnen interessiert. Warum wohl? Er wollte ganz einfach wissen, wann Karen läuft. Und warum wollte er das wissen? Man denke nur an die letzte Botschaft: ›Augen auf die Piste‹! Er brauchte die Liste, um einen Anschlag auf sie verüben zu können! Als mir das klar wurde, war Karen gerade gestartet. Kurze Zeit später muss der Anruf des Streckenpostens eingegangen sein. Es entstand Hektik, die nächste Läuferin wurde aus dem Starthäuschen wieder herausgeholt und die Betreuer schnallten ihre Skier an. Da bin ich gleich hinterher.« Gerade fuhr ein Mann mit einer Kamera an ihnen vorbei. »Aha, Bierbichler, ein Journalist«, sagte Justus. »Der hat mich unterwegs überholt, aber dann hat es ihn hingeschmissen. Sein Kollege Langbinder müsste auch schon hier sein. Dann weiß von dem Attentat ja bald die ganze Welt.«

»Und die drei ??? haben versagt«, grummelte Bob. »Wir waren so nahe dran, haben diesen Pistenteufel sogar beobachtet und konnten doch nicht eingreifen.«

Toni tröstete ihn. »Was heißt versagt? Ihr wart doch die Einzigen, die das Attentat fast noch verhindert hätten. Seht es doch mal von der Seite. Zum Glück ist ja nichts passiert.«

»Ganz nah reicht nicht«, sagte Justus. »Das ist wie beim Rennen. Nur eine Hundertstelsekunde fehlt und du hast verloren.« Bob schlug vor auf der anderen Seite des Fangzauns nach Spuren zu suchen, bevor die Polizei kommen würde. Denn die musste nun unweigerlich eingeschaltet werden, das war klar. Jetzt ging es nicht mehr um ein paar Drohbriefe, die man als Scherz hinstellen konnte. Jetzt hatte der Absender sein gefährliches Gesicht gezeigt.

Sie gingen ein ganzes Stück den Berg hinauf, bis sie eine Stelle fanden, an der sie auf die andere Seite des Zauns wechseln konnten. Dort ging es dieselbe Strecke wieder zurück. Das Gesuchte war leicht zu finden. Deutlich zeichneten sich die Spuren des geschleiften Astes im Schnee ab. Die Stelle war vom Täter sehr sorgfältig ausgesucht worden, denn der Zaun stand etwas tiefer als das Plateau, so dass es nicht so schwer war, den Ast darüber zu stemmen. Auch Skispuren waren erkennbar. Der Mann musste ein recht guter Fahrer sein, da er so schnell durch die Bäume hatte verschwinden können. Der Fluchtweg war deutlich zu sehen. Justus hielt Bob und Toni zurück, damit sie nicht die Spuren vermischten und die Arbeit der Polizei behinderten.

»Ich weiß nicht, ob es wichtig ist«, sagte Toni und zeigte in die Fluchtrichtung, »aber an dem Busch da neben der Skispur hängt ein Handschuh.«

Justus zog seine Kleinbildkamera aus dem Skianorak und machte ein paar Bilder von dem Handschuh. Sicher war sicher. Dann entschlossen sich die drei in den Zielraum abzufahren und sich dort ein bisschen umzusehen. Vielleicht fiel ihnen ja ein Mann mit nur einem Handschuh auf.

»So blöd wird der nicht sein«, sagte Bob. »Ich glaube eher, dass er unheimlich vorsichtig und geschickt ist.«

»Immerhin ist er heute zum ersten Mal direkt in Erscheinung getreten«, entgegnete Justus. »Damit wissen wir schon, dass es sich um einen Mann handelt.«

»Wenn nicht noch mehr Personen mit im Spiel sind.« Toni blickte Justus munter an.

Der nickte. »Du hast Recht. Aber wir können sicher sein, dass zumindest ein Mann mitspielt.«

»Wenn es nicht doch eine Frau war. Wer kann das schon auf so eine Entfernung erkennen. Gesehen haben wir doch nur eine Person in einem dicken Skianzug und mit Schneebrille.« Toni ließ nicht locker.

Justus schaute leicht genervt drein, aber er musste ihm Recht geben. »Aber eine Frau ist nicht stark genug, um so einen schweren Ast stoßen zu können«, fiel ihm ein, obwohl er gleichzeitig wusste, dass er auch damit nicht durchkommen würde.

Toni verzog auch sofort das Gesicht. »Vielleicht nicht eure Amerikanerinnen«, sagte er. »Aber du kennst die starken Österreicherinnen nicht, auch wenn ich damit nicht sagen will, dass es sich um eine Österreicherin gehandelt hat.«

Justus verkniff sich eine Antwort. Bob stellte für sich fest, dass Toni und Justus wohl nicht Freunde fürs Leben werden würden. »Vielleicht bekommt Peter ja noch etwas raus«, wechselte er das Thema und versuchte beide, Justus und Toni, nett anzulächeln. »Aber bis wir ihn treffen, ist ja noch Zeit. Lasst uns mal nachsehen, was unten los ist.« Damit blies Bob zum Aufbruch.

Im Zielraum warteten bereits einige Journalisten auf die Skifahrerin. Das zum Glück misslungene Attentat hatte sich herumgesprochen und war natürlich ein Thema für die Medien. Aber auch die anderen Gäste von Vail waren beunruhigt. So etwas wie diesen Anschlag hatte es vorher noch nicht gegeben. Aufgeregt wurde miteinander diskutiert. Bald schon kursierten die wildesten Gerüchte. Ein Baum sei gefällt worden und habe eine amerikanische Läuferin erschlagen, Terroristen aus dem Fernen Osten seien hier.

Bob musste grinsen. In dem Moment stieß Justus ihn an und wies auf einen Mann, der etwas abseits stand und mit einem Handy telefonierte. »Ein Polizist, das rieche ich auf hundert Meilen.«

»Gehen wir doch gleich hin«, schlug Bob vor. »Immerhin sind Toni und ich Zeugen. Bringen wir es hinter uns.«

»Was sollen wir ihm denn sagen?«, fragte Justus. »Dass wir die Bodyguards von Karen sind? Oder sollen wir ihm unsere Cousinstory auftischen? Die hat er doch mit einem Telefonat enttarnt.« Justus hatte natürlich Recht.

»Wir machen uns nur verdächtig«, stimmte Toni Justus ausnahmsweise einmal zu. »Halten wir uns lieber im Hintergrund.«

Die Gruppe der Skifahrer um Karen war inzwischen im Zielraum angekommen. Die Polizei schirmte Karen sofort vor den Journalisten ab und geleitete sie in einen bereitgestellten Polizeibus. Der Mann mit dem Handy lief ebenfalls dorthin und wurde zu dem Wagen durchgelassen. Er war also tatsächlich ein Polizist. Zusammen mit einem Kollegen befragte er zuerst Karen, dann rief er den Streckenposten. Als die Läuferin wieder aus dem

Wagen stieg, stürzten sich die Journalisten auf sie. Justus konnte Bierbichler ausmachen, der gerade verzweifelt versuchte sich mit seiner Kamera vom falschen Ende her durch die Menge zu Langbinder durchzuschlagen. Dieser winkte ihm hektisch zu.

»Können Sie uns sagen, was passiert ist . . . Hat man schon eine Spur . . . Sind Sie verletzt . . . Werden Sie beim großen Rennen starten . . .«, so wirbelten die Fragen durcheinander. Karen sagte nichts. Einige Betreuer versuchten sie abzuschirmen. Justus, Bob und Toni drängten sich hinzu und halfen ihnen dabei. Auch Jürgen, der ZACK-Techniker von Karen, der die Hilfe der Freunde mit einem Lächeln quittierte, war darunter. »Wir bringen sie zu unserem Wagen und fahren sie dann in ein Hotel«, flüsterte er Justus im Gedränge zu.

Nach einiger Drängelei gelangten sie zu einem der Kleinbusse des Teams und konnten sich ins Innere quetschen. Toni wurde zunächst von einem Betreuer hinausgestoßen, doch Bob zog ihn wieder in den Wagen hinein. »Der gehört zu uns.« Justus warf ihm einen äußerst kritischen Blick zu. Der Wagen wurde gestartet und fuhr los.

Peter sitzt fest

Während sich auf dem Vail Mountain die Ereignisse überstürzten, saß Peter immer noch dicht an der Außenwand der Berghütte und versuchte von den Vorgängen drinnen so viel wie möglich mitzubekommen. Denn hier war einiges los. Der Gast, den die SPEED-Männer so unsanft empfangen hatten, wurde einem richtigen Verhör ausgesetzt. Anfangs hatte er sich noch gewehrt. »Ich werde Sie anzeigen! Wegen Körperverletzung! Nehmen Sie den Hund weg!«

Doch die zwei Männer von SPEED hatte das wenig beeindruckt: »Du hast keine Zeugen, Junge. Du bist hier unberechtigt eingedrungen. Wir werden dich anzeigen. Das mit dem Hund war doch nur ein kleiner Unfall. So etwas kann mit ungebetenen Eindringlingen nun mal passieren.« Ein höhnisches Lachen folgte.

Peter regte sich über die zynische Art der beiden Männer auf, doch konnte er dem Gefangenen nicht helfen. Der geriet inzwischen in eine immer schwierigere Lage. Er gab zu Mitarbeiter einer Konkurrenzfirma zu sein. Das herauszubekommen hatte die Männer nicht viel Zeit gekostet: Es hatte genügt, den Hund ein paar Mal kräftig knurren zu lassen.

»Was hast du hier zu suchen, wolltest du spionieren?«, fragte der Bärtige.

»Ich habe mich verfahren«, versuchte es der Besucher noch einmal, aber der Hund ließ wieder seine unfreundliche Stimme vernehmen. »Nein, natürlich nicht«, gab der Gefangene auf. Er hatte die Aussichtslosigkeit seiner Lage erkannt. »Ich wollte sehen, ob ich etwas vom neuen SPEED-Ski zu sehen bekomme. Von dem man so viel hört. Uns interessiert das völlig neue Material natürlich sehr und auch der völlig neue Schnitt.«

»Irgendwann seht ihr den doch sowieso.«

»Ja, aber wenn wir dann mit unseren Tests anfangen, ist schon wieder ein Winter vorbei. Und Sie wissen ja, der Erfolgsdruck ist unheimlich groß. Wir befürchten, dass Sie den neuen Ski erst kurz vor der Winterolympiade einsetzen werden, und dann ist es für uns viel zu spät, um zu reagieren.«

»Das befürchtet ihr ganz richtig.« Patrick lachte aus vollem Halse. »Wir werden den Ski erst kurz vorher einsetzen, aber so rechtzeitig, dass unsere Fahrerinnen noch schnell die nötige Erfahrung sammeln können, um bei der Olympiade top dabei zu sein. Dann machen wir richtig Kohle und fegen euch vom Markt. Und im nächsten Jahr, mein Lieber, werden die Skiläuferinnen reihenweise zu uns überlaufen. Sogar eine Karen Sulzenberger, du wirst sehen. Auch sie wird das Top-Material brauchen. Nur schade für dich: Du wirst den Ski jetzt nicht zu sehen bekommen. Obwohl er hier ist, eingeschlossen in dem Panzerschrank da vorne. Du kannst froh sein, wenn wir dich hier heil wieder herauslassen.«

»Und eure drei dummen Jungs, die ihr auf uns angesetzt habt, die knöpfen wir uns auch noch vor.« Das sagte wieder der Bärtige.

»Welche drei Jungs?«

»Jetzt stellt er sich schon wieder dumm! Sollen wir Truck noch mal ein wenig näher an ihn ranlassen?«

»Ich weiß wirklich nicht, wen Sie meinen.«

Peter dämmerte es langsam. Die drei dummen Jungs, damit waren wohl Justus, Bob und er selbst gemeint. Sie hatten ja auf der Herfahrt angehalten, um den Männern im SPEED-Lieferwagen zu helfen. Wahrscheinlich hatten die SPEED-Männer gedacht, sie wollten sie ausspionieren. Ein klarer Fall von Verfolgungswahn, versuchte Peter sich aufzuheitern. Doch eigentlich war ihm ziemlich mulmig zumute. Was, wenn die Männer ihn hier entdeckten? Die würden ihm doch nie glauben, dass er nicht für die Konkurrenz arbeitete.

Drinnen wurde es für den Besucher mittlerweile brenzlig. Truck knurrte schon wieder, dass die Scheiben der Berghütte zitterten. Und so gab der Bedrohte aus Angst zu, was er gar nicht zugeben konnte, weil es ja nicht stimmte: »Ja, die drei Jungs sind auch von uns. Ich kenne sie nicht genauer, sie sind von einer anderen Abteilung.«

Puh, dachte Peter, der will hier nur noch heil herauskommen. So wird es immer schlimmer für mich, wenn sie mich erwischen. Auf die Begegnung mit Truck war Peter überhaupt nicht scharf. Er überlegte, ob er sich langsam zurückziehen sollte. Aber dann müsste er sich bewegen und Truck würde ihn wahrscheinlich hören. Andererseits konnte er es kaum noch in seiner Position aushalten. Die Knie taten weh und die Beine wurden langsam taub. Die Skier standen weit oben hinter dem Holz am Zufahrtsweg. Unmöglich, mit seinen tauben Beinen und den schweren Skischuhen schnell dorthin zu kommen. Der Hund würde ihn sofort einholen. Oder sollte er es doch riskieren, möglichst leise, und den längeren Weg hintenherum wählen?

Drinnen scharrten Stühle auf dem Holzboden. Offenbar war das ungleiche Gespräch beendet. »Also, verschwinde«, sagte der Bärtige. »Und trau dich bloß nicht uns Ärger zu machen. Wir zeigen dich sonst gleich wegen Einbruchs an. Und irgendwann wird dich Truck mal richtig erwischen.«

Die Tür ging auf und jemand wurde herausgestoßen. Unter Zuhilfenahme des Spiegels sah Peter, dass der

Mann seine Skier anschnallte und Richtung Teststrecke davonglitt. Den verletzten Arm hatte er eng angewinkelt, die Skistöcke hielt er in der anderen Hand.

Aber Peter musste sich jetzt wirklich langsam einmal bewegen. Er zog vorsichtig das rechte Bein hervor und versuchte es zu strecken. Doch da passierte es: Er verlor das Gleichgewicht und rutschte an der Hauswand ab in den Schnee. Ein schleifendes Geräusch. Sofort fing der Hund drinnen an zu bellen.

»Verdammt, da ist noch jemand«, rief der Bärtige.

Peter versuchte aufzustehen und loszulaufen. Aber er kam nicht weit. Die Tür ging auf und Truck stürmte auf ihn zu. Peter blieb starr stehen, die Arme angelegt, und zwang sich freundlich auf den Hund einzusprechen. Immerhin blieb das Tier bellend vor ihm stehen und sprang ihn nicht an. Peter redete weiter, irgendeinen Unsinn wie »guter Hund, freundlicher Hund«. Da kam der Bartträger um die Ecke, Peter erkannte ihn sofort wieder. Kein sehr hoffnungsvoller Anblick.

»Rein mit dir«, befahl der Mann kurz.

Peter stapfte in die Blockhütte. Der Hund ließ ihn nicht aus den Augen.

Das deutsche Skiteam hatte sich an einen abgelegenen Platz in einer Bar zurückgezogen. Nachdem sich die erste Aufregung gelegt hatte, ergriff der Cheftrainer das Wort und besprach mit den Läuferinnen, wie man auf den Vorfall reagieren sollte. Justus und Bob saßen zusammen mit Toni am Rande des Tisches. Sie wurden nicht hinausgeschickt. Offenbar hatte man sich an ihre Anwesenheit gewöhnt.

Bei der Diskussion herrschten zwei Meinungen vor:

Die meisten Sportlerinnen und Trainer wollten eine Absage des Rennens erreichen. Solange man den Attentäter nicht gefasst habe, sei das Rennen zu gefährlich. Auch Jürgen, der Servicemann von Karen, war dieser Ansicht. Doch die anderen Servicemänner wollten das Rennen nicht ausfallen lassen. Ohnehin sei nur Karen gefährdet. Schließlich habe nur sie diese merkwürdigen Briefe erhalten. Außerdem sei es unwahrscheinlich, dass bei dem großen Rennen in Gegenwart der vielen Zuschauer erneut ein Attentat verübt würde.

»Klar«, murmelte Justus zu Bob. »Die sind ja insgeheim froh, wenn Karen nicht startet. Schließlich verbessern sich dadurch die Chancen der Läuferinnen ihrer eigenen Skifirma.«

Schließlich überwog aber doch die Meinung, sich für eine Absage des Rennens einzusetzen. Toni nickte zufrieden. »Alles andere wäre doch gemein.«

»Die Österreicherinnen würden doch auch davon profitieren«, provozierte ihn Justus.

»Wir gewinnen sowieso«, antwortete Toni überzeugt. »Aber bitte im fairen Vergleich.«

Justus hatte genug gesehen und trieb zum Aufbruch. »Wir sind schon ziemlich spät dran. Gehen wir. Wir müssen Peter treffen!«

Als sie aufstanden, kam Jürgen auf sie zu und bedankte sich für die Hilfe. Justus nickte freundlich und winkte Karen zum Abschied kurz zu.

Die Dämmerung hatte schon eingesetzt. Die von den Bergen zurückkehrenden Skifahrer belebten die Straßen von Vail. Sie gingen in ihre Hotels und Wohnungen, um zu duschen und sich für den Abend ausgehfertig zu machen. Nichts deutete auf den Vorfall vom Nachmittag hin.

Toni schaute zusammen mit Justus und Bob bei seinen Eltern vorbei, um zu fragen, ob er mit seinen neuen Freunden noch ein wenig umherziehen könne. Doch er hatte keinen Erfolg. Freundlich, aber bestimmt wurde ihm erklärt, dass er den Abend mit seinen Eltern verbringen solle. Zu Hause in Österreich sei er schon mehr als genug unterwegs. Wenigstens im Urlaub wollten ihn seine Eltern ab und zu mal sehen. »Wann bin ich endlich erwachsen«, maulte Toni. Mit einem säuerlichen Lächeln verabschiedete er sich von den beiden Freunden. Sie verabredeten sich für den nächsten Morgen.

Justus schien eher erleichtert. Bob spürte das. Justus war ohnehin sehr kühl zu Toni gewesen. Vielleicht war er eifersüchtig darauf, dass Bob sich auf Anhieb so gut mit ihm verstanden hatte. Als er Justus kurz darauf ansprach, erhielt er nur eine knappe Antwort: »Auf ein viertes Fragezeichen habe ich keine Lust.« Bob ließ es fürs Erste dabei bewenden.

Inzwischen waren sie bei ihrem Appartement angekommen. Sie hatten einen missgelaunten Peter erwartet, da sie zu spät waren. Aber sie sahen von außen kein Licht in der Wohnung. Peter war offensichtlich noch nicht da. Justus und Bob liefen die Treppen hinauf und schlossen die Tür auf. Tatsächlich, von Peter keine Spur. »Hoffentlich ist er nicht in Gefahr geraten«, sagte Bob.

Justus winkte ab. »Wahrscheinlich fährt er immer noch Ski und hat einen netten Nachmittag verbracht.«

Doch als Peter auch in der nächsten halben Stunde nicht auftauchte, wurde sogar Justus langsam nervös. »Okay, Bob, wir müssen etwas unternehmen. Nur was?

Wo sollen wir ihn suchen? Wir wissen doch gar nicht, wo er sich aufhält.«

»Vielleicht hat er eine Nachricht hinterlassen«, schlug Bob vor. Sie durchsuchten die Wohnung. Es war nichts zu finden.

Justus bearbeitete seine Unterlippe. »Angenommen, er wollte uns sicherheitshalber wirklich mitteilen, wohin er geht, dann wäre er wahrscheinlich nicht in die Wohnung hochgekommen.«

»Was sagst du?«, fragte Bob. »Wenn du an deiner Unterlippe ziehst, verstehe ich dich immer so schlecht.«

Justus nahm die Hand vom Mund und wiederholte noch einmal seinen Gedanken: »Vermutlich war er in Eile und es dauerte ihm zu lange ins Appartement hochzukommen. Schauen wir einmal unten nach.«

Die beiden sprangen die Treppen hinunter. Als sie das von Peter auf den Briefkasten gemalte Fragezeichen sahen, wunderten sie sich, warum es ihnen nicht schon vorher aufgefallen war. Wertvolle Zeit hatten sie dadurch verloren. Justus faltete den Zettel auseinander und blickte Bob an: »Die Lageskizze einer Hütte von SPEED. Sie liegt mitten in den Bergen. Mein Gott, wie kommen wir bloß auf dem schnellsten Weg dorthin?«

»Mein Gefühl sagt mir, dass Peter in Gefahr ist«, meinte Bob.

»Mein Kopf sagt mir dasselbe«, antwortete Justus. »Sagt dir dein Gefühl auch, wie wir zu dieser Hütte kommen? Die Lifte laufen nicht mehr und eine Straße führt dort auch nicht hinauf.«

»Nein«, sagte Bob und überlegte kurz. »Aber dafür hat mein Kopf eine Idee: Jürgen, der Servicemann von Karen! Der kann uns doch bestimmt eins dieser Schneemobile organisieren. Mit denen kommt man auf den Pisten schnell vorwärts.«

»Mein Gefühl sagt mir, dass das eine hervorragende Idee ist!« Justus war begeistert. »Jürgen hat sich doch so ein Ding gemietet. Das hat er mir heute noch erzählt. Auf zu Jürgen.«

Bob und Justus beschlossen Jürgen nicht in die genauen Umstände einzuweihen. Ihre Befürchtung, dass Peter bei Recherchen über SPEED irgendwie in Gefahr geraten sein könnte, war für Außenstehende vermutlich nicht nachvollziehbar. Sie trafen Jürgen im *Sonnenalpen.* Er saß mit Karen und einem Physiotherapeuten abseits in der Bar und besprach mit ihnen das Attentat. Als Justus ihn fragte, ob er sich für eine kleine Abendrundfahrt sein Schneemobil ausleihen dürfte, hatte Jürgen nichts dagegen. Er würde ohnehin den Abend über bei Karen bleiben. Auch Justus war beunruhigt, als er Karen genauer betrachtete: Sie war von dem Ereignis wirklich sehr mitgenommen. Oft kommt der Schreck erst viel später. Gerne wäre er dageblieben, um sie ein wenig aufzurichten. Doch die drei ??? konnten ja auch auf andere Weise behilflich sein. »Wir kümmern uns heute Abend noch intensiv um Tante Sevens Auftrag«, warf er ihr zu. Sie nickte und lächelte. Sie hatte also verstanden, dass die Detektive auf einer heißen Spur waren.

Jürgen führte sie zu der Garage am Ortsrand, in der das Schneemobil geparkt war. Es war nicht besonders schwierig zu bedienen. Jürgen erklärte ihnen die wesentlichen Funktionen. Bob setzte sich ans Steuer. Auf der Sitzbank lag ein kleines Netz von einem Ski-Fangzaun. Justus schob es in die Gepäckbox und setzte sich hinter Bob. Die beiden Detektive versprachen Jürgen vorsichtig zu fahren. Dann startete Bob den Motor. Jürgen blickte ihnen kurz nach und ging wieder in Richtung Hotel.

Unterdessen wurde die Situation für Peter immer brenzliger. Die beiden SPEED-Mitarbeiter setzten ihn kräftig unter Druck. Mal warfen sie ihm vor auf ihr Privatgelände eingedrungen zu sein, dann wiederum bedrängten sie ihn mit Fragen: Was er hier wolle, wer seine Freunde seien, für wen er arbeite . . . Eine endlose Fragenspirale, mit der sie ihn mürbe machen wollten. Inzwischen wiederholte Peter der Einfachheit wie auch der Glaubwürdigkeit halber die Geschichte, die auch schon der Besucher vor ihm erzählt hatte. Am Anfang hatte er es noch wahrheitsgemäß abgestritten, doch das war ihm schlecht bekommen. Sofort wurde der Hund ins Spiel gebracht. Also bestätigte er, dass Justus, Bob und er von ZACK angeheuert worden seien. Es galt, Zeit zu gewinnen. Einer der Männer wollte heute Abend noch den geheimnisvollen Blonden treffen, das hatte Peter ja gehört. Der musste auf alle Fälle irgendwann wegfahren. Aber umso mehr drängten die Männer, sie wollten schnell weitere Details wissen. Peter erfand das Nötigste. Glücklicherweise schienen seine Bewacher zu glauben, dass sie ihn direkt bei seiner Ankunft an der Hütte entdeckt hätten. Von seiner Horchaktion ahnten sie offenbar nichts. Wenn nur nicht dieser unangenehme Hund auf jede seiner Bewegungen gelauert hätte. Peter sehnte Justus und Bob herbei. Hoffentlich hatten sie seinen Hinweis gefunden. Lange würde er hier nicht mehr durchhalten können.

Der Trick mit dem Netz

Justus und Bob fuhren zunächst auf die beleuchtete Schneemobilpiste, auf der viele Vail-Besucher ihre abendlichen Vergnügungsrunden drehten. Bei dem Treiben fiel es kaum auf, dass ein Fahrzeug nicht den vorgeschriebenen Kurs nahm, sondern in einen Wald abbog und in die Berge hinauffuhr.

Unter den Bäumen wurde es mit einem Schlag dunkel. Selbst die Scheinwerfer halfen wenig. Erst als die beiden eine Weile gefahren waren, gewöhnten sich ihre Augen an die Dunkelheit. Das fahle Licht des Mondes und der Glanz des klaren Sternenhimmels drangen durch die Baumwipfel. Der Schnee reflektierte das Licht.

Als sie aus dem Wald herauskamen, konnten sie die Bergzüge erkennen, die weißen Pisten und die dunklen Waldränder. Das war auch notwendig. Denn trotz Justus' Supergedächtnis war es schwer, den richtigen Weg zu finden. In der Nacht zeigte sich das Gebirge von einer ganz anderen Seite: dunkel, kalt, verlassen, unwirtlich. Es war einsam hier. Zum Glück hatte Justus sich die Pisten genau eingeprägt und mit Hilfe landschaftlicher Details fanden sie sich einigermaßen zurecht. Weit hinter ihnen lag das hell erleuchtete Vail. Justus und Bob blickten auf die im Mondlicht kalt glänzenden Berge, die sich vor ihnen auftürmten. Langsam näherten sie sich der abgelegenen Rückseite der Berge. Hier waren die berühmten Black Bowls, die schwarzen Pisten. Für Bob wurde es immer schwieriger, das Schneemobil unter Kontrolle zu halten. Die Hänge wurden immer steiler. Hinter einer Biegung ging es plötzlich fast senkrecht hinunter.

Bob riss das Lenkrad herum, doch die Skikufen vorne griffen nicht mehr. Das Schneemobil geriet in die Schräglage und rutschte ab.

»Bob, gib doch Gas, lenk gegen«, rief Justus. Beide starrten entsetzt die Piste hinunter und versuchten auszumachen, ob sie auf einen Abhang, eine Felswand, einen Baum oder nur auf einen anderen Hügel zusteuerten.

»Abspringen«, rief Bob, da er irgendetwas Dunkles auf sich zukommen sah. Er warf sich aus dem Schneemobil. Justus zögerte ebenfalls keinen Moment. Beide rollten durch den Schnee. Das Schneemobil drehte sich und rutschte auf ein Gestrüpp zu, in dem es hängen blieb. Das Motorengeräusch erstarb und die Scheinwerfer gingen aus. Justus und Bob landeten mit Schwung neben dem Fahrzeug in den Büschen. »Au«, schrie Bob, »die verdammten Äste kratzen im Gesicht!«

»Sei froh, dass sie uns gestoppt haben«, meinte Justus trocken und rappelte sich auf. »Wer weiß, wo wir sonst gelandet wären. Aber jetzt heißt es nach vorne denken. Wie kommen wir hier bloß wieder raus? Hier zu übernachten dürfte sehr unangenehm werden. Ein Wettersturz und man erfriert.«

»Ein bisschen Mitgefühl würde dir auch nicht schlecht stehen«, meinte Bob und wälzte sich aus dem Gestrüpp. »Ich bin ziemlich lädiert.«

Doch Justus ließ sich nicht erweichen. »Du hast uns schließlich auch hierher gebracht.«

»Weil dein Superhirn die Karte nicht richtig gelesen hat! Diese Piste ist bestimmt als sehr steil gekennzeichnet. Aber wenn wir weiterstreiten, kommen wir hier nie weg.«

Justus gab ihm Recht. »Gut, kümmern wir uns um das Schneemobil.« In diesem Moment hörten sie ein Motorengeräusch, es klang wie ein anderes Schneemobil.

»Es kommt von dort oben. Offenbar gibt es noch einen anderen Weg. Wer kann das so spät noch sein?«

»Vielleicht ist es unsere Rettung«, sagte Justus. Das Fahrzeug kam näher. Die Lichtkegel der Scheinwerfer blitzten durch die Bäume. »Wir müssen rennen, wenn wir ihn noch erwischen wollen! Der fährt sonst an uns vorbei.« Justus stand auf und wollte losspurten. Doch seine Füße versanken im tiefen Schnee. Es war unmöglich, schnell vorwärts zu kommen. Bob folgte ihm wie in Zeitlupe. Das Scheinwerferlicht kam näher und näher, jetzt war das Fahrzeug direkt auf ihrer Höhe. Gespenstisch, schoss es Justus durch den Kopf. Das Licht erfasste weder Justus noch Bob.

»Halt!«, rief Justus, aber vergeblich. Die Maschine war zu laut. Er konnte schemenhaft eine Person erkennen, die am Steuer des Schneemobils saß. Dann war das Fahrzeug schon vorüber und im Dunkeln verschwunden. Das Motorengeräusch wurde leiser und erstarb.

»Mist.« Justus trat vor Wut in den Pulverschnee.

»Vielleicht war es ganz gut so«, sagte Bob, der hinter ihm zum Stehen gekommen war. »Es könnte ja auch ein unangenehmer Zeitgenosse gewesen sein. Denk mal an SPEED. Oder den Attentäter. Auf so eine Begegnung wäre ich jetzt nicht scharf, auch wenn wir zu zweit sind.«

»Du hast Recht, Bob. Schließlich befinden wir uns ganz in der Nähe der Hütte. Wir sollten den Weg ausprobieren, den das Schneemobil entlangkam.«

»Wenn wir unser Fahrzeug wieder fit bekommen. Sonst sieht es düster aus.«

Justus sponn seinen Gedanken weiter. »Wenn der geheimnisvolle Fahrer eben von SPEED war, dann muss es ja einen Waldweg geben, über den man bequem zu dem Haus kommt. Solche Pisten wie wir probieren die bestimmt nicht aus.« Justus wollte gleich auf dem Pistenplan nachschauen. Bob hielt ihm die Lampe hin.

»Ich hab's«, schloss Justus zufrieden, »ein kleiner kurvenreicher Waldweg, keine offizielle Piste und nicht steil. Auf meiner Karte ist er nur als dünne Linie eingezeichnet. Es muss der Weg sein, auf dem der Typ eben gefahren ist. Jetzt sollte nur noch das Schneemobil mitmachen.«

Bob setzte sich wieder ans Steuer, wartete einen kurzen Moment, als wolle er es spannend machen, dann drehte er den Zündschlüssel um. Der Motor lief.

Justus nickte erleichtert. »Wir dürfen jetzt aber nicht zu nahe an das Haus heranfahren. Das Motorengeräusch ist zu laut.« Er dirigierte Bob bis vor den Bergrücken, hinter dem das Haus der SPEED-Leute liegen musste. Bob wendete das Schneemobil, damit sie im Notfall schneller wegkämen, und parkte es am Wegrand. Auf dem platt gefahrenen Weg ging es zu Fuß sehr viel besser vorwärts als vorhin im tiefen Schnee. Das Haus kam zum Vorschein. Es war erleuchtet, die Fensterläden nicht verschlossen. »Da vorne vom Hang aus müssten wir gut in das Fenster hineinschauen können«, sagte Justus. »Wir sind im Vorteil: Wir stehen im Dunklen und blicken ins Helle. Von drinnen kann man uns nicht erkennen.«

Durch das Fenster konnten sie zwei Menschen entdecken, einer von ihnen war zweifelsfrei Peter. Er saß auf einem Stuhl, das Gesicht ihnen zugewandt, die Arme hinter der Rückenlehne verschränkt. Schräg vor Peter stand ein Mann, der ihn offensichtlich bewachte. Den Rücken hatte er ihnen zugewandt.

»Ich glaube kaum, dass Peter dort freiwillig sitzt und in ein nettes Gespräch über seine Skikünste verwickelt ist«, flüsterte Bob.

Justus stimmte ihm zu: »Die haben ihn festgesetzt. Der Mann passt auf, dass Peter nicht abhaut.«

In dem Moment drehte sich der Mann etwas zur Seite und die beiden Detektive glaubten ihn zu erkennen. Bob flüsterte: »Klar, das ist einer von den zwei SPEED-Männern. Aber wo ist der zweite?«

»Rate mal«, antwortete Justus.

»Der ist uns vorhin begegnet.«

»Hundert Punkte, Dritter Detektiv.« Justus beugte sich ein Stück vor. »Sitzt da nicht noch ein Hund?«

Bob gab ihm Recht. »Er hockt direkt neben Peters Stuhl und lässt ihn nicht aus den Augen.«

»Auch das noch«, stöhnte Justus, »wir müssen wieder unser ganzes Können aufweisen, um Peter da herauszubekommen. Es bleibt einem aber auch nichts erspart.«

»Mir wäre es auch lieber, wir säßen schon wieder bei Jürgen und unterhielten uns übers Schneemobilfahren.« Bob schob mit seinem Fuß einen Schneehaufen zusammen.

»Denk dir lieber was aus«, meinte Justus. »Der Mann redet permanent auf Peter ein. Schau mal, wie der plötzlich gestikuliert. Wenn wir nicht bald etwas unternehmen, wird's da drinnen für Peter eng.«

Der Hund bewegte sich auf den Gefangenen zu und die zwei Detektive sahen, wie Peter mit den Schultern ruckelte. Erst jetzt merkten sie, dass Peter seine Arme nicht freiwillig hinter dem Stuhl gekreuzt hatte. Man hatte ihm die Hände zusammengebunden. Der Hund sprang an ihm hoch.

»Wir müssen irgendwie dazwischenfahren.« Justus zog Bob am Ärmel. »Pass auf. Im Schneemobil liegt doch das kleine Fangnetz. Das holst du. Ich werde in der Zwischenzeit mit unserem Vogelerkennungsruf Peter signalisieren, dass wir da sind. Beeil dich.« Bob verkniff sich die Frage, wozu Justus das Netz brauchte, und machte sich davon.

Justus imitierte in unauffälligen, größeren Abständen den schon vor langer Zeit zwischen den Detektiven verabredeten Vogelruf. Nach dem vierten Zeichen wendete Peter das Gesicht zweimal zum Fenster. Offenbar hatte er verstanden. Vorsichtig stellte sich Justus auf eine Steinplatte, die aus dem Schnee ragte. Etwas Licht aus dem Fenster fiel hierher. Jetzt würde Peter ihn sehen können. Dieser reagierte, wie Justus gehofft hatte. Er begann die Aufmerksamkeit seiner Bewacher stärker auf sich zu ziehen. Er fing an zu reden und mit dem Stuhl herumzurutschen. So verminderte er das Risiko, dass Justus bemerkt würde.

Bob kam zurück, in der Hand das Netz. Der Erste Detektiv bedeutete ihm in der Dunkelheit zu warten und stieg wieder auf den Stein. Peter blickte kurz auf und zeigte durch ein Nicken, dass er ihn bemerkt hatte. Justus wies auf seine Armbanduhr, signalisierte mit den Fingern die Zahl drei, deutete auf Peter und beschrieb mit seinem Zeigefinger eine Kurve durch die Tür bis hinauf zum Weg. Peter rutschte auf seinem Stuhl hin und her und nickte kurz. Er hatte verstanden, was Justus wollte.

Ein paar Worte drangen aus der Hütte durch die kalte

Nacht zu ihnen. Es war Peters Stimme. »Freilassen ... stundenlang ...« Der Mann schrie nun ebenfalls. Peter musste nur aufpassen, dass er den Hund nicht zu sehr provozierte. Justus schlich zurück zu Bob und flüsterte ihm etwas zu. Dann näherten sich beide vorsichtig der Hütte. Justus wählte die eine Seite der Tür, Bob die andere. Das Netz hielten sie direkt vor der Türschwelle flach über den Boden gespannt.

Das Ganze hatte vielleicht zwei Minuten gedauert. Aus dem Inneren der Hütte drang Peters Stimme: »Soll ich Ihnen denn hier auf den Boden pinkeln? Lassen Sie mich doch kurz raus, ich muss wirklich mal. Ich bin schließlich schon eine ganze Weile hier. Sie können ja mitkommen und auf mich aufpassen.«

Schritte waren zu hören. Die Stimme des Mannes. »Also gut. Aber glaub nur nicht, dass du hier in den Bergen abhauen kannst. Du wirst nur erfrieren. Außerdem wird dich der Hund sowieso erwischen. Ich binde dich kurz los und komme mit. Ruhig, Truck.«

»Achtung, Bob«, flüsterte Justus fast unhörbar. Sie strafften das Netz, hielten es aber immer noch in den Schnee gedrückt. Jetzt kam es drauf an. Innen rutschte der Stuhl, Peter war anscheinend aufgestanden. Justus und Bob blickten sich an. Jeder Muskel war gespannt. Hoffentlich hatte Peter verstanden und hoffentlich klappte das Timing. Da wurde die Tür von Peter aufgerissen. Er sprang heraus. »Zum Weg, Peter«, rief Justus. Im gleichen Moment zogen Justus und Bob das Netz hoch. Keinen Augenblick zu früh. Schon raste der Hund heraus und verfing sich jaulend im Netz. Der Mann stolperte hinterher und vervollständigte das Durcheinander. Schnell hängten Justus und Bob ihre Netzenden in die

Türklinke ein und verknoteten die Enden des Seils. Dieser Vorsprung müsste reichen.

Peter hatte trotz seiner schweren Skistiefel schon fast den Weg erreicht. Dort angekommen blickte er sich um und atmete kurz durch. Justus und Bob kamen den Hang hinaufgerannt. Unwillkürlich musste Peter grinsen: So unsportlich Justus war, wenn es drauf ankam, lief er Bestzeiten. Bob deutete den Weg entlang. »Auf, Peter, hinter dem Hügel! Schneemobil!« Es wurde auch Zeit. Mann und Hund hatten sich inzwischen aus dem Netz befreit und kamen auf sie zu. Der Hund hatte den direkten Weg durch den Tiefschnee genommen. Er kam zwar nur langsam vorwärts, aber der Vorsprung wurde trotzdem immer kürzer. »Fass, Truck, fass!«, rief der Mann, an dessen rechtem Fuß immer noch das Fangnetz hing.

Bob sah, wie Peter plötzlich vom Weg abkam und hinter einem Holzstoß verschwand. »Mensch, Peter, wir haben keine Zeit für Versteckspiele!«, rief Bob.

Aber da tauchte Peter bereits wieder hinter dem Holzstoß auf. Er hielt seine Skier in den Händen. »Die würde ich doch ungern opfern«, rief er. »Schließlich sind es keine SPEED!« Bob schnappte sich einen der Skier und erreichte kurz darauf als Erster das Schneemobil. Sofort ließ er den Motor an. Dann warf sich Justus auf den Sitz. Peter schnaufte in seinen Skischuhen als Letzter um die Kurve. »Peter, der Hund ist direkt hinter dir!«, schrie Justus.

Augenblicklich drehte sich Peter um und versetzte dem Hund mit seinem Ski einen kräftigen Stoß in die Seite. Jaulend landete Truck im Gestrüpp. »Volltreffer«, meinte Justus anerkennend, als Peter hinter ihm ins Schneemobil sprang. Bob gab sofort Gas.

»Danke, Jungs.« Peter atmete tief durch.

Langsam kam auch Justus wieder zu Atem. »Keine Ursache«, murmelte er.

»Wir müssen uns beeilen«, meinte Peter, »denn der andere SPEED-Mann kommt bald zurück.«

Justus zog seinen Pistenplan heraus und beleuchtete ihn mit der Taschenlampe. Er war in Bestform und dirigierte Bob, als kenne er die Strecke seit Jahren. Bob kam sich vor wie ein Tourenrennfahrer, dessen Beifahrer mit dem Notizblock auf den Knien Beschleunigungs- und Bremskommandos gab. Justus wusste natürlich, dass sie auf diesem schmalen Weg dem SPEED-Mann kaum ausweichen konnten. Später auf den Pisten würde das kein Problem sein. Dort konnten sie einen Umweg fahren. Dunkle Waldstücke flogen vorbei. Bob hielt sich an das schmale Weiß der Strecke.

Ausgerechnet in einer engen Biegung passierte es. Ein grelles Licht kam ihnen entgegen. Das andere Schneemobil. Bob konnte gerade noch ausweichen. »Gib Gas«, rief Justus, »jetzt kommt eine lange Gerade! Und dann sind wir endlich auf der regulären Skipiste.«

»Der Bärtige muss erst noch drehen«, rief Peter. »Wenn er uns überhaupt verfolgen will. Er weiß ja nicht, dass wir es sind. Verdammt, er kommt!«

Das Schneemobil surrte den Berg hinunter. So weit kann es bis zu den Pisten doch gar nicht mehr sein, dachte Bob. Das Licht des anderen Fahrzeugs kam näher.

»Bob, Vollgas!«

Peter schaute nach hinten. Justus klammerte sich an den Haltegriffen fest. Seine Anweisungen waren nicht mehr nötig. Sie hatten den schmalen Weg verlassen und befanden sich auf einer breiten Skipiste. Im Mondlicht konnte man sie gut erkennen. Bob lenkte das Schneemobil schnell und sicher Richtung Vail. Die Lichter der Stadt tauchten auf. Nur noch wenige Kurven. Sie gelangten auf den Zubringerweg, der zum Schneemobil-Rundkurs führte. Trotz des Motorenlärms hörten sie den Mann hinter sich einen Fluch ausstoßen. Die Scheinwerfer des Verfolgers blieben zurück. Und urplötzlich waren sie wieder unter vielen Menschen, die gelassen und gut gelaunt den Winterabend genossen. Die einfach nur zum Spaß auf ihrem Schneemobil herumkurvten oder den anderen dabei zusahen. In den Straßen von Vail waren die Passanten unterwegs zum Essen oder auf der Suche nach einer gemütlichen Bar.

Justus atmete durch. »Ich hätte kaum gedacht, dass ich mich so sehr über den Anblick von schicken Winterurlaubern freuen kann. Nach dieser Verfolgungsjagd durch die Dunkelheit könnte ich sie alle umarmen! Aber jetzt setzen wir uns erst einmal zusammen und besprechen die Lage«, schlug er vor.

Doch Bob ließ es sich nicht nehmen, zunächst noch eine Ehrenrunde auf dem Schneemobilkurs zu drehen – ganz stolz, wie ein Rennsieger. Die ihm zujubelnden Menschenmassen musste er sich allerdings dazudenken. Es wusste ja keiner, wie erfolgreich sie soeben ihre Befreiungsaktion abgeschlossen hatten. Justus und Peter gestatteten ihm den Spaß. Dann lenkte Bob zu dem Parkplatz, auf dem Jürgen sein Schneemobil abgestellt hatte.

Im Hotelrestaurant war von der deutschen Skimannschaft niemand mehr zu sehen. Anscheinend waren alle auf ihren Zimmern. Bob gab Jürgens Schlüssel für das Schneemobil beim Empfang ab. »Ich bin heilfroh, dass das Ding keine Schramme abbekommen hat«, raunte er Peter zu.

»Und ich bin heilfroh, dass wir keine Schramme abbekommen haben«, meinte Peter. »Hoffen wir mal, dass es dabei bleibt.«

Neue Pläne

Nach diesem ereignisreichen Tag waren die drei ??? froh wieder zusammen zu sein. Sie beschlossen in die gemütliche, warme und vor allem ruhige Ferienwohnung zu gehen und bei einer heißen Tasse Tee die Vorkommnisse des Tages zu rekapitulieren. Bob und Justus drängten Peter als Erster zu berichten. Er begann von seiner Suche nach der Hütte und den dort belauschten Gesprächen zu erzählen.

»Wenn unsere zwei SPEED-Freunde die ganze Zeit in der Hütte waren, können sie ja schlecht den Anschlag verübt haben«, unterbrach ihn Bob.

»Welchen Anschlag?« Peter hatte davon ja noch nichts gehört. Also schob Bob seinen Bericht ein und erzählte, wie er Zeuge des Attentats auf Karen geworden war. Gespannt verfolgte Peter die Erzählung seines Freundes. Als er geendet hatte, gab Peter ihm Recht. »Die SPEED-Männer können das wirklich nicht gewesen sein. Zumindest nicht selbst.«

»Du meinst, sie hatten Helfer?«, fragte Justus. »Gab es dafür irgendwelche Hinweise?«

»Ja. Sie sprachen von einem Blonden, den der Bärtige heute Abend treffen wollte. Darum war er vorhin ja auch mit dem Schneemobil unterwegs.«

»Dann könnten sie also einen dritten Mann dabeihaben, der für die Drecksarbeit zuständig ist«, überlegte Bob.

»Könnte sein«, sagte Peter. »Aber ganz klar ist seine Rolle nicht. Ich habe es mir eigentlich nur aus dem kurzen Gespräch der zwei zusammengereimt. Außerdem habe ich noch etwas erfahren: Sie wollen einen neuen Ski einsetzen, um mehr Erfolg zu haben. Das Problem ist nur, dass der Ski noch nicht richtig getestet ist. Er scheint aber etwas ganz Neues zu sein. Die Konkurrenz ist auch schon scharf drauf. Und ratet mal, an wem sie das Teil ausprobieren wollen?«

»Nicola«, sagte Justus.

Peter schaute verärgert drein. »Wenigstens mir zuliebe könntest du ja auch mal falsch raten.«

»Also Nicola«, wiederholte Justus. Er überlegte. »Bei SPEED ist was faul. Es fehlt der Erfolg. Auch Nicola fehlt der Erfolg. Sie hat mir heute ihre Geschichte erzählt. Eigentlich tut sie mir Leid.«

»Justus, könntest du einmal deine Unterlippe in Ruhe lassen? Ich kann dir akustisch sonst nicht folgen.« Bob grinste Peter an. Äußerlich ungestört überlegte Justus weiter. »Sie ist kein Typ, auf den die Medien fliegen. Sie musste sich aufgrund ihrer Herkunft in der Skimannschaft mühsam durchbeißen. Sie steht unter Druck. Aber so eine Verstrickung traue ich ihr einfach nicht zu. Und dann ist da noch ihr Freund, der sie, wie sie sagt, sehr unterstützt. Er ist bestimmt sehr daran interessiert, dass sie wieder mehr Erfolg hat.«

»Wir müssten mal herausfinden, ob er blond ist«, meinte Bob. »Vielleicht ist er ja das Bindeglied zu SPEED.«

»Und Nicola weiß möglicherweise gar nichts von seinen Aktivitäten«, überlegte Justus weiter.

»Wenn dem überhaupt so ist«, sagte Peter.

Justus blickte ihn entnervt an. »Du bist ja schon genauso wie Toni.«

»Wer bitte ist Toni?«

»Ach ja, du kennst ihn noch nicht«, sagte Justus. »Sei froh. Toni ist aus Wien und kurvt mit seinem Snowboard dauernd um Bob herum.«

»Er ist ziemlich gut mit seinem Board«, warf Bob ein und gab damit Peter das Stichwort, um gleich wieder gegen das Snowboardfahren zu wettern.

»Also, ihr mit eurem Snowboard, das ist doch kein Sport! Man hockt den ganzen Tag im Schnee herum und holt sich einen kalten Hintern. Dauernd sitzt einem einer von denen im Weg herum, wie heute Nachmittag, ich kann dir sagen . . .«

»Toni ist in Ordnung«, unterbrach ihn Bob. »Er war übrigens auch dabei, als heute Nachmittag dieser Pistenteufel den Ast auf die Rennpiste geworfen hat.« Bob erzählte noch einmal genau den Hergang des Vorfalls.

»Da hat Karen wirklich Glück gehabt, Glück und Können!« Peter war beeindruckt.

»Denken wir noch einmal einen Moment über den Pistenteufel nach«, forderte Justus seine Freunde auf. »Was wissen wir über ihn?«

»Wahrscheinlich ist es ein blonder Mann«, sagte Bob. »Das ist alles – abgesehen von der Vermutung, dass Nicolas Freund dahinter stecken könnte. Oder SPEED.«

Justus war damit noch nicht zufrieden. »Wir wissen doch noch mehr. Die Farbe seines Skianzugs. Wir haben vermutlich eine Fotografie seines Skihandschuhs. Und wir können seinen Typ beschreiben. Er ist intelligent.«

»Wieso?«, fragte Peter.

»Nun, er schreibt diese Briefe.«

»Wahrlich, sehr intelligente Briefe«, unterbrach ihn Peter.

Justus blickte schon wieder genervt. »Peter, er spielt doch mit uns. In seinem letzten Brief war ein direkter Hinweis auf das, was er vorhat. ›Augen auf die Piste.‹ Den Satz hat nur niemand verstanden. Er denkt, er ist immer einen Schritt voraus, dieser Neunmalkluge. Wir müssen aufpassen, ob Karen weitere Zeichen von ihm erhält.«

»Und diese dann richtig deuten«, ergänzte Bob.

»Außerdem hat er heute gezeigt, dass es ihm ernst ist«, sagte Justus abschließend. Er wandte sich wieder an Peter. »Wir haben dich vorhin unterbrochen. Du hast uns immer noch nicht erzählt, warum du zum Hausgast bei SPEED geworden bist.«

»Richtig, das fing mit einem eingeschlafenen Fuß an. Ich rutschte an der Hüttenwand ab und da bemerkten mich die Hausbesitzer und luden mich auf ihre freundliche Art zu sich ein.«

»Was hast du ihnen erzählt?«

»Sie halten uns für Mitarbeiter von ZACK. Sie glauben, wir wollen ihren neuen Ski ausspionieren. Sie haben mich festgehalten, um mehr aus mir herauszubekommen. Nur, was sollte ich ihnen sagen? Ich weiß ja von nichts. Aber das glaubten sie mir nicht. Der Bärtige wollte bei seinem Treffen diesen ominösen Blonden auch über uns befragen. Der Erfolgsdruck in der Skiszene macht die alle unheimlich nervös. Die sehen schon Gespenster.«

»Zweifellos warst du ja kein Gespenst und du hast an ihrem Haus herumspioniert«, sagte Justus.

»Richtig, für sie hat es so ausgesehen.« Peter berichtete noch von dem anderen Besucher, der ja tatsächlich von ZACK kam, und dem übel mitgespielt worden war.

»Rüde Umgangsformen herrschen da in der Szene«, sagte Bob zu Peter. »Mein leuchtendes Bild von deiner heilen Skiwelt zerbricht zusehends.«

»Das hat nichts speziell mit der Skiwelt zu tun, das ist überall so, wo es um Dollars und Erfolg geht. Pass nur auf, auch im Snowboardgeschäft wird es bald so enden.«

»Peter und Bob, hört auf zu streiten.« Justus wollte lieber das weitere Vorgehen gegen die SPEED-Leute besprechen.

Peter griff zu seinem Glas. »Die wollen mich wegen Einbruchs verklagen.«

»Das werden sie nicht tun, weil wir zu viel wissen«, entgegnete Bob. »Und weil wir sie wegen Freiheitsberaubung verklagen können.«

»Das wird eine endlose Diskutiererei geben. Die werden behaupten, sie hätten mich als Einbrecher festhalten wollen.«

»Am besten, wir warten ab«, beschloss Justus. »Bob hat Recht. Sie werden erst einmal nicht gegen uns vorgehen, zumindest nicht bei der Polizei. Das ist nur ihre Drohung, falls wir unsererseits etwas unternehmen. Die wissen nicht genau, was du mit anhören konntest, Peter. Oder hast du es ihnen verraten müssen?«

»Nein. Da stochern sie im Dunkeln. Wahrscheinlich

wissen sie gar nicht, dass man durch die Wände so gut hören kann. Ich habe sie glauben lassen, ich hätte mich gerade erst angeschlichen.«

Justus nickte zustimmend. »Sehr gut, da sind wir im Vorteil. Dann lasst uns mal nach vorne blicken. Was werden wir morgen angehen? Vermutlich findet ein zweites Abfahrtstraining statt, wenn nicht alles wegen des Vorfalls abgesagt wird. Wir sollten mehr über Nicolas Freund herausfinden.«

»Eigentlich müssen wir Nicola vor diesen skrupellosen SPEED-Leuten warnen, weil die sie mit dem gefährlichen Testski fahren lassen wollen«, sagte Peter.

Justus drängte zur Ruhe. »Ja, aber das hat noch Zeit. Morgen werden die damit ja sicher nicht anfangen. Dazu sind nach dem Attentat noch alle viel zu vorsichtig und nervös.«

»Also heißt es morgen früh aufstehen und als Erstes in das Hotel gehen, um Nicola nach ihrem Freund zu fragen«, stöhnte Bob.

»Ja, tut mir Leid, Bob«, sagte Justus. »Aber wir haben hier eine Aufgabe. Ausschlafen kannst du im Urlaub!«

MacManoman braucht starken Kaffee

Am nächsten Morgen war Bob als Erster auf den Beinen. Er kümmerte sich um das Frühstück, während Peter im Bad noch die Zähne putzte. Justus wälzte sich im Bett herum und war einfach nicht wach zu kriegen. Als er später dann doch zum Frühstück erschien, erinnerte ihn Bob an die Pflichten eines Detektivs: »Denk dran, wir sind hier nicht im Urlaub«, zitierte er Justus spitzfindig.

»Ein Superhirn braucht Regeneration«, antwortete Justus kurz angebunden, »sonst arbeitet es falsch.«

Bob blieb spitz: »Dann muss das heute ja ein absoluter Top-Tag werden!«

Peter stocherte in seinem Müsli herum und wechselte das Thema. »Wir sollten mal unsere Freundinnen anrufen und sagen, dass wir noch leben.«

»Und dass wir in aller Herrgottsfrühe aufstehen, um unserer Tätigkeit als Detektive nachzugehen«, fügte Bob hinzu.

»Heute Nachmittag ist dazu Zeit«, entschied Justus.

Gerade als sie aufbrechen wollten, klingelte es an der Haustür. Offenbar gab es Menschen, die noch früher aufstanden. Ein Anblick wie im Kino, dachte Bob, als er die Tür öffnete. Er blickte in ein zerknittertes Gesicht, dessen unausgeschlafener Eindruck nur noch vom Anblick der in der Mitte thronenden Knollennase übertroffen wurde. Es war der Polizist, den Justus und Bob gestern aus der Ferne gesehen hatten. Ein Polizist, wie man ihn sonst nur in Fernsehserien zu sehen bekam. Der frühe Gast stellte sich als MacManoman vor und fragte, ob er hereinkommen dürfe. Bob führte ihn in die Küche und bat ihn sich zu setzen. »Einen Tee?«

»Ich trinke nur Kaffee«, sagte MacManoman.

Peter bot sich an schnell welchen zu machen und MacManoman willigte gnädig ein: »Okay, aber nur, wenn Sie ihn auch ordentlich stark machen!«

Während Peter das Wasser eingoss, schaute sich der Polizist um. »Wer von Ihnen ist Justus Jonas?«

Justus meldete sich. »Darf ich die anderen auch gleich vorstellen: Das sind Peter Shaw und Bob Andrews, meine Freunde.«

»Justus – ich darf doch Justus zu Ihnen sagen? –, Sie sind also ein Cousin von Frau Sulzenberger.«

Aha, folgerte Justus. Karen war bei ihrer Story geblieben. Und MacManoman hatte sie bis jetzt nicht nachgeprüft. Warum auch, wenn Karen es erzählte. Das war gut so. Konkurrenz durch Detektive liebte die Polizei bekanntlich nicht allzu sehr.

»Ja.«

»Sie und Ihr Freund Bob waren gestern draußen auf der Piste. Mich würde interessieren, was genau Sie gesehen haben.«

Bob berichtete ausführlich, dann Justus. MacManoman schrieb mit, stellte Zwischenfragen. Besonders die Beschreibung des Täters interessierte ihn. Dann wandte er sich an Peter: »Wo waren Sie eigentlich zu der Zeit?«

Peter war vorbereitet. »Ich war mit den Skiern unterwegs und habe ein wenig die Gegend erkundet.«

»Irgendetwas Auffälliges beobachtet?«

Auch diese Frage hatte Peter erwartet. Während MacManoman Justus und Bob befragte, hatte Peter nachgedacht. Die Männer von SPEED konnten sein Auftauchen problemlos als Einbruch hinstellen. Das hatten sie ja sogar angedroht. Sie waren zu zweit und er hatte nur seine Aussage. Außerdem wollte er jetzt noch nicht erklären, warum er an der SPEED-Hütte herumspioniert hatte. Ein kurzer Blickkontakt zu Justus und Bob bestärkte ihn in dieser Einschätzung. »Etwas Auffälliges? – Nein.«

»Aha! Sie sind also rein zum Amüsement und dazu noch alleine in der Gegend herumgefahren?«

Peter ignorierte den ironischen Ton und antwortete ganz sachlich. »Ich bin der beste Fahrer unter uns dreien. Ich habe einige schwerere Pisten gesucht, die die anderen nicht fahren wollten.«

MacManoman war damit offensichtlich zunächst zufrieden. »Okay«, sagte er gedehnt. »Das war's fürs Erste.« Er packte seine Notizen zusammen.

»Haben Sie denn schon etwas herausbekommen?«, wollte Bob wissen.

»Nein«, antwortete MacManoman äußerst knapp. Dann verschärfte er plötzlich den Tonfall und ließ seine anfängliche Höflichkeit fallen: »Was mir übrigens gar nicht gefallen hat, ist, dass Sie sehr viele Spuren des Täters zerstört haben. Was zum Teufel ist Ihnen eingefallen, hinter dem Fangzaun herumzusuchen?«

»Wir wollten sehen, ob wir den Typen noch finden«, sagte Justus. »Aber wir haben aufgepasst, dass wir keine Spur verwischen.«

»Ist Ihnen etwas aufgefallen?«

»Wenig. Der Handschuh natürlich.«

MacManoman zuckte zusammen. »Was für ein Handschuh?«

»Haben Sie den nicht gefunden?«, fragte Bob erstaunt. »An einem Strauch hing ein Skihandschuh.«

»Da war nichts«, sagte MacManoman.

Dann ist der Täter noch einmal zurückgekehrt, dachte Justus. Ganz schön frech. Er hat den Verlust bemerkt und den Handschuh noch schnell geholt. Bevor die Polizei da war. Schade, dass wir nicht länger dageblieben sind.

»Wie sah der Handschuh aus?«, fragte MacManoman.

»Wir haben ein Foto davon«, rief Bob. »Hier, in der Kamera ist der Film.«

MacManoman nickte anerkennend. Er wollte den Film sofort mitnehmen. Das wiederum war Bob gar nicht recht. »Auf dem Film sind aber noch andere Bilder drauf. Fotos von unserer letzten Schulfeier. Mit unseren Freundinnen.«

»Das macht nichts«, sagte MacManoman.

»Wir waren aber ein bisschen albern. Die Feier war schon weit fortgeschritten . . .«

»Wir haben schon schlimmere Sachen gesehen als pubertierende Schüler«, sagte MacManoman trocken und nahm die Kamera an sich. Mit ein paar sicheren Griffen entnahm er den Film. Er steckte ihn in seine Hosentasche, stand auf und ging zur Tür. Die drei ??? blickten sich an. MacManoman würde nicht gerade ihr Lieblingspolizist werden.

»Na dann viel Spaß«, sagte Justus. »Und ich hoffe, Sie berechnen uns für die Entwicklung unserer Bilder nichts. Bitte jeweils drei Abzüge.« MacManoman grinste, nickte kurz und verschwand.

»Gut gekontert, Justus«, sagte Peter. »Dem werden wir mal zeigen, was pubertierende Jungs so alles können.«

MacManoman hatte ihren Zeitplan ganz schön durcheinander gebracht. Justus griff zum Telefon und rief im Hotel *Sonnenalpen* an. Er wollte Karen sprechen. Die Empfangsdame stellte ihn durch, Karen war auf ihrem Zimmer.

Ihre nach außen hin getragene Lockerheit, ihre Selbstsicherheit hatte Karen verloren, das merkte Justus sofort. Sie sprach auch viel leiser.

»Erst heute spüre ich den Schock richtig«, erzählte Karen. »Gestern ging alles so schnell. Das Attentat, die

Journalisten, die Polizei – das alles läuft heute wie in Filmausschnitten erneut vor mir ab.«

Justus berichtete von dem Besuch MacManomans. »Er ist ein bisschen arrogant und herablassend«, charakterisierte er ihn.

»Zu mir war er eigentlich sehr nett«, antwortete Karen zu Justus' Verdruss. »Sehr zuvorkommend und rücksichtsvoll. Aber eine Spur hat er trotzdem noch nicht. Habt ihr eine?«

»Ich kann noch nichts sagen, aber wir sind dran«, wiegelte Justus ab. Dass MacManoman bei Karen seine zuckersüße Seite herausgekehrt hatte, ärgerte ihn sehr. Dadurch ließ er sich zu der Behauptung hinreißen, die drei ??? würden schneller sein als MacManoman.

»Kann mir nur recht sein«, sagte Karen.

Justus erfuhr, dass das Rennen am morgigen Tag trotz des Attentats stattfinden sollte. Alle notwendigen Sicherheitsmaßnahmen seien eingeleitet worden. »Man sagt, man wolle vor so einem Attentäter nicht kapitulieren. So einfach ist das!«, meinte Karen bitter.

»Klar, die wirtschaftlichen Interessen, Fernsehverträge, die Konkurrenz. Eine einzelne Person spielt für die doch überhaupt keine Rolle. *The show must go on . . .*«

»Heute soll sogar ein weiteres Training stattfinden«, berichtete Karen, »an dem allerdings nicht die gesamte deutsche Mannschaft teilnimmt. Ich werde den Tag über im Hotel bleiben.«

»Wer ist denn bei dir?«

»Mein Techniker Jürgen – apropos: viele Grüße von ihm und ein Dankeschön für die Schneemobilschlüssel – und Ann-Lisa.«

»Ann-Lisa?«

»Ja, in solchen Situationen merkt man, wer ein guter Freund ist. Sie hat übrigens einmal etwas Ähnliches erlebt, nur dass das damals keine Absicht gewesen war. In Wengen in der Schweiz ist ihr einmal ein Hund vor die Skier gelaufen.«

»Und Nicola?«

»Ach, Nicola. Irgendwie ist bei uns beiden der Wurm drin. Sie ist oben in den Bergen, bei den anderen. Die SPEED-Leute haben sie abgeholt, aber trainieren wollte sie nicht.«

»Ist ihr Freund eigentlich da?«

»Der wollte erst am Sonntag zum Rennen kommen, glaube ich.«

»Ist er blond?«

»Ja, hellblond. Warum?«

»Jemand hat von ihm erzählt«, meinte Justus schnell und wechselte ein paar viel sagende Blicke mit Peter und Bob, die inzwischen dem Gespräch aufmerksam lauschten. »Okay, wir schauen uns weiter um und sehen uns dann vielleicht heute Nachmittag?«

Karen stimmte zu. »Vielleicht bin ich dann etwas besser drauf.«

Sie verabschiedeten sich und Justus legte auf. Das meiste hatten Bob und Peter bereits aus Justus' Antworten erraten, den Rest erzählte er ihnen. Die drei ??? beschlossen in die Berge zu Nicola zu fahren. Bestimmt hatte sie ein Foto von ihrem Freund dabei. Er war im Moment die viel versprechendste Spur. Schnell packten sie ihre Skisachen zusammen und gingen hinunter in den Eingangsflur. Hier stand der Skiserviceschrank, in dem sie ihre Sportgeräte untergebracht hatten. Justus wollte sich seine Bretter greifen, hielt jedoch inne: »Komisch, habe ich sie nicht immer auf die rechte Seite gestellt?«

»Wahrscheinlich war der Tag gestern ein bisschen lang – selbst für dein Superhirn«, antwortete Bob. »Ich jedenfalls kann mich nicht daran erinnern.«

»Doch, bestimmt. Ich bin doch ein Mensch der Ordnung.« Justus war sich seiner Sache sicher. »Seltsam.«

Die beiden anderen nahmen ihn jedoch nicht ernst. Bob klemmte sich sein Snowboard unter den Arm und gab so lange keine Ruhe, bis Justus gnädig erlaubte, dass Toni mitkommen durfte. So konnten Justus und Peter gemeinsam Ski fahren und Bob hatte beim Snowboardfahren ebenfalls Gesellschaft.

Trotz der guten Organisation an den Liften mussten sie eine Weile warten, bis sie an der Reihe waren. Sie trafen genau in den Hauptstrom der Familien, die morgens länger brauchten, bis sie alle startklar waren. Direkt vor ihnen in der Schlange verlor ein kleines Kind seinen Ski, wahrscheinlich war die Bindung zu locker eingestellt. Es stand mitten im Weg und brüllte. Dann waren sie endlich an der Reihe und aufwärts ging's im Viererlift, der Sonne und dem Schnee entgegen. Toni war natürlich neugierig, was am Vorabend passiert war. Bob berichtete ihm von der Befreiung Peters und ließ sich noch einmal ausgiebig von den beiden anderen für seine Fahrkünste loben. Toni war beeindruckt, aber auch ein bisschen neidisch. Zu gerne wäre er dabei gewesen.

»Und wie war es bei deinen Eltern?«, fragte Justus. »Aufregend?«

Etwas frech, wie Bob fand. Doch Toni antwortete ruhig: »Wir haben ein Detektivspiel gespielt. Der Sieger hatte einen Wunsch frei. Und ich habe gewonnen.«

»Ach ja?« Justus sah ihn fragend an. »Und was hast du dir gewünscht?«

Toni grinste. »Ich darf heute den ganzen Tag und den ganzen Abend mit euch verbringen.«

»Meine Güte, konnten sich deine Eltern nicht etwas mehr anstrengen?« Aber Justus sagte das sehr versöhnlich und gab Toni einen Klaps auf die Schulter. »Okay. Vielleicht ist es ja gut so. Aber rede mir nicht dauernd dazwischen.«

Während die Landschaft langsam vorbeizog, ließen die Freunde vom Lift aus ihre Blicke kreisen. Jetzt, wo sie nach einem Blonden Ausschau hielten, sahen sie blonde Menschen an allen Ecken und Enden. Sogar auf dem Lift direkt hinter ihnen schien sie ein blonder jüngerer Mann anzustarren.

»Blond ist als Beschreibung einfach wenig hilfreich«, sagte Toni. »Wir brauchen dringend mehr, am besten ein Bild.«

»Ach ja?« Justus schaute belustigt. »Danke für den heißen Tipp! Aber darum fahren wir ja gerade hier hoch, nicht wahr, Peter?«

Peter nickte. »Wir sollten den Sicherheitsbügel hochklappen, da vorne müssen wir schon aussteigen.«

Während Peter und Justus auf ihren Skiern bereits losfuhren, schnallten Bob und Toni ihre Boards fest. »Justus ist normal nicht so launisch«, sagte Bob zu Toni. »Er kann es halt nicht leiden, wenn ihm einer die Show stiehlt. Er ist Erster Detektiv und darauf legt er eben besonderen Wert.«

»Mir macht das nichts«, antwortete Toni. »Ein paar

Wortscharmützel sind doch ganz lustig. Und er findet das, glaube ich, auch, oder? Aber komm, lass uns losfahren. Das Wetter ist so genial und der Schnee . . .«

Bob unterbrach ihn: »Toni, beeil dich, ich glaube, da vorne ist etwas passiert!«

Justus dreht einen Looping

Rufe drangen zu ihnen herüber, ein paar Skifahrer waren auf einer leichten Anhöhe stehen geblieben und schauten den Abhang neben der Piste hinunter. Mit wenigen Schwüngen schlossen Bob und Toni zu ihnen auf. Weit unten lag jemand im Tiefschnee und versuchte mühsam wieder auf die Beine zu kommen. Er war von der Piste abgekommen und musste kopfüber den Hang hinuntergestürzt sein. Ein Skifahrer fuhr auf ihn zu, wohl um zu helfen. »Hey, das ist ja Peter!«, rief Bob. »Dann ist das wohl Justus, der da unten im Schnee liegt.« Erst jetzt bemerkte er, dass direkt vor ihnen ein Ski im Schnee steckte und ein ganzes Stück weiter der zweite Ski lag. Das waren ohne Zweifel die Skier von Justus. Die Spuren waren eindeutig: Hier oben hatte es ihn hingehauen und dann war er den gesamten Abhang hinuntergesegelt . . . Es musste spektakulär ausgesehen haben! Jetzt war Peter bei Justus und reichte ihm die Hand. Langsam stand Justus auf

»Ein Déjà-vu-Erlebnis nennt man so was«, meinte Toni zu Bob. »Alles schon mal gesehen. Warum müssen eigentlich immer ausgerechnet wir beide Zeugen dieser gefährlichen Stürze werden?«

»So lange alles glimpflich ausgeht, bringen wir ja noch Glück im Unglück«, antwortete Bob. Aber der Schreck saß ihm in den Gliedern.

Inzwischen stapften Justus und Peter langsam den Hang hinauf, um wieder zur offiziellen Piste zu kommen. Die anderen Skifahrer fuhren weiter. Unter ihnen war auch der Blonde aus dem Sessellift, der direkt hinter den Freunden an der Bergstation angekommen war. Bob und Toni sammelten Justus' Skier ein. Als Peter und Justus die beiden erreicht hatten, setzte Justus sich erst einmal schnaufend in den Schnee. »Mit dieser Skinummer trete ich demnächst im Zirkus auf«, verkündete er.

»Die Leute werden dir zujubeln«, lächelte Bob. »Ich bin froh, dass du die Generalprobe so gut überstanden hast.«

»Wie hast du das überhaupt angestellt?«, wollte Peter wissen. »Ich habe nur noch eine riesige Schneewolke gesehen.«

»Schade«, meinte Justus, »mein erster Looping war wirklich bemerkenswert, selbst für sprunggeübte Snowboardfahrer.« Er lächelte Bob und Toni zu. »Aber ich wette, da hat jemand nachgeholfen.«

Die Freunde sahen ihn erschrocken an. »Wie meinst du das?«, fragte Bob.

»Ich glaube, dass sich mein rechter Ski zu früh gelöst hat. Ich fuhr hinter Peter her, verlor dabei etwas die Kontrolle und wurde zu schnell. Als ich auf einem Buckel am Rand der Piste abbremsen wollte, ging mein Schuh aus der Bindung und ich flog kopfüber abwärts.

Bei so einer kleinen Unebenheit! Der Ski aus der Bindung! Das hätte verdammt noch mal schief gehen können. Zum Glück wurde der Hang nach unten hin etwas flacher, so dass ich zum Liegen kam.«

»Da müssen wir uns deine Skibindung wohl mal etwas genauer ansehen«, meinte Peter und griff nach Justus' Skiern. Ein kurzer Blick genügte ihm. »Die Bindung ist auf Null heruntergedreht!«, rief er entsetzt. »Für einen, na – Justus, du verzeihst – sagen wir mal mittelguten Fahrer wie dich bereits sehr gefährlich! Der Ski löst sich beim kleinsten Widerstand vom Fuß.«

»Dann habe ich heute Morgen also doch richtig beobachtet«, meinte Justus. »Heute Nacht hat sich jemand an meinen Skiern zu schaffen gemacht und sie dann versehentlich falsch herum in den Schrank gestellt.«

»Das ist ein Zeichen«, sagte Toni. »Dann seid ihr dem Pistenteufel zu nahe gekommen. Der Blonde geht zum Gegenangriff über.«

»Aber es ist ein schlechtes Zeichen«, warf Bob ein. »Jetzt wird es auch für uns sehr gefährlich.«

»Wir müssen ihn endlich finden«, sagte Justus, »mittlerweile ist es doch der reine Zufall, dass noch nichts Schlimmeres passiert ist.«

»Übrigens habe ich dort oben einen blonden Mann stehen sehen«, sagte Bob.

Peter antwortete resigniert: »Nicht nur einen, Bob. Wir sind heute bereits Dutzenden begegnet.«

Die vier Jungen beschlossen langsam zum Trainingsgelände abzufahren. Dort würde vermutlich ein Servicemann Justus' Bindung wieder richtig einstellen können. Bob hielt sich neben Justus, der sehr vorsichtig fuhr. »Wie sollen wir denn an das Foto des Freundes von Nicola herankommen?«, fragte er. »Einfach blöd fragen fällt doch auf.«

»Warten wir mal ab, wie das Gespräch läuft«, schnaufte Justus. »Das wäre doch gelacht, wenn uns nichts einfallen würde. Viel schwerer erscheint es mir, den nächsten Abhang heil herunterzukommen, ohne dass sich meine Skier wieder lösen.«

Endlich erreichten sie das Trainingsgelände. Als Erstes fielen ihnen ein paar alte Bekannte auf. Die zwei SPEED-Mitarbeiter saßen zusammen mit Nicola und ihrem Servicemann um einen Tisch herum und diskutierten. »Das soll uns nicht irritieren«, sagte Justus, »hier werden sie uns nichts tun.«

In dem Moment entdeckten die SPEED-Leute die vier Ankömmlinge und der Bärtige sprang ärgerlich auf. Aber Justus sollte Recht behalten. Der Mann lief zwar ein Stück weit auf sie zu, rief dann aber nur: »Beim nächsten Mal erwischen wir euch alle, verlasst euch drauf!«, und drehte sich wieder um.

Justus grinste. »Ich sag's doch, Waffenstillstand. Die haben zu viel Dreck am Stecken.«

»Nur eins wundert mich«, sagte Peter, »dass sich unser nächtlicher Besucher am Skischrank ausgerechnet dich als Opfer ausgesucht hat, Justus. Die SPEED-Leute hätten es doch eher auf mich abgesehen.«

»Vielleicht Zufall oder eine Verwechslung«, warf Toni ein.

Justus blickte ihn scharf an. »Das war kein Zufall, sie wollten glasklar den Ersten Detektiv treffen.«

Bob triumphierte: »Aber es weiß doch gar keiner, dass wir Detektive sind! Jetzt hast du überkombiniert, Justus.«

Justus' Finger bewegte sich wieder zu seiner Unterlippe. Über den von Peter angesprochenen Punkt lohnte es sich weiter nachzudenken. Er kam jedoch nicht dazu. Denn Nicola war aufgesprungen und lief zu einer Verpflegungshütte. Offenbar hatte es Streit gegeben, denn die beiden SPEED-Leute und der Servicemann diskutierten heftig miteinander. »Die Chance müssen wir nutzen«, sagte Justus entschlossen. »Gehen wir ihr nach. Fragen wir sie nach ihrem Freund.«

Nicola lief, an einer Cola nippend, nervös vor einer an der Wand hängenden Namensliste hin und her. Sie bemerkte Justus und schaute, wie Bob fand, schon einen Tick freundlicher.

»Hi, Nicola.«

»Hi, Justus, Bob und Toni. Und wer bist du?«

»Peter«, stellte der Zweite Detektiv sich vor, »ein Freund von Justus und Bob.«

Justus übernahm das Wort. »Nicola, du hast dich ja ganz schön aufgeregt da draußen. Was war denn eigentlich los?« Er lächelte sie freundlich an. »Ging es darum, ob du morgen beim Rennen startest?«

»Ja, meine Techniker, diese . . .«, sie sagte ein deutsches Wort, das nicht sehr freundlich gemeint sein konnte, und schimpfte dann mit einem erstaunlichen Wortschatz auf Englisch weiter, ». . . diese Dickköpfe, Strohköpfe! Gestern passiert diese schreckliche Sache mit Karen und heute wollen sie mich überreden beim Rennen morgen zu fahren. Sie sagen, ich solle meine Chance ergreifen, da Karen nicht dabei sein wird . . . diese Blödmänner!«

»Deinen Servicemann kenne ich ja«, warf Justus ein, »aber was für eine Aufgabe haben die beiden anderen eigentlich genau?«

Nicola warf einen wütenden Blick hinaus. »Die, die mischen sich in alles ein. Eigentlich arbeiten sie für die SPEED-Entwicklung, für die Erforschung neuer Ski. Sie sind auch die Kontaktpersonen der Servicemänner von SPEED, also auch für meinen.«

»Wo mischen sie sich immer ein?«, wollte Toni wissen.

»Na, hier zum Beispiel, dass ich fahren soll. Oder sie nörgeln an meinem Fahrstil herum.«

»Haben sie auch etwas von einem neuen Ski erzählt?«, fragte Peter.

»Nein, wieso?«

»Na, sie brüten da etwas aus. Wir haben das am Rande mitbekommen. Wirst du morgen fahren?«

»Nein, natürlich nicht!«

»Was wird denn dann dein Freund sagen«, meinte Justus, »er wollte doch zum Rennen kommen? Ist er da nicht enttäuscht?«

»Ja, morgen will er kommen. Pit weiß noch nichts von den ganzen Ereignissen, aber er wird mich auch nicht umstimmen können.«

Bob bohrte nach. »Du meinst, dass er – Pit heißt er? – das versuchen wird?«

Nicola nickte. »Vielleicht schon, mein Erfolg geht ihm doch über alles. Deshalb ist er bei Rennen auch so oft dabei. Er hilft mir wirklich, wo er nur kann. Manchmal ist es mir schon fast zu viel. Aber morgen, nein, da werde ich notfalls nicht seiner Meinung sein, da fahre ich nicht!«

Es war nicht abgesprochen, aber genau jetzt gab Toni dem Gespräch den entscheidenden Kick: »Ist doch toll, so einen Freund zu haben, der einem hilft. Schau mich an, ich habe gar keine Freundin.« Er blinzelte Bob an.

Dieser verstand sofort. Das war der Einstieg, um unauffällig auf ein Foto von Pit zu sprechen zu kommen. »Tja, Toni! Justus, Peter und ich haben jeder eine Freundin, nur sind sie im Moment nicht da. Wir wollten mal was unter Männern unternehmen und sie hatten außerdem etwas anderes vor.«

»Habt ihr nicht wenigstens ein paar Fotos da?«, fragte Toni. »Ich schau mir so gerne Bilder an. Auch Fotos auf alten Ausweisen. Es ist echt lustig, wie sich die Leute verändern.« Er blickte auffordernd in die Runde. »Kommt, nur Mut, eure Freundinnen sehen wir uns mal an! Nicht wahr, Nicola?« Er grinste sie an. Nicola lächelte zurück und nickte.

»Klar habe ich eins dabei«, sagte Justus sofort, zog seine Geldbörse heraus und klappte sie auf.

Nicola war neugierig. »Au ja, lass mal sehen«, rief sie und beugte sich über die beiden Fotos. Ein älteres von Justus, eins von Lys.

Toni frohlockte. »Du warst ja mal ein richtiges Dickerchen, Justus.«

Justus polterte los. »Meine Freundin sollst du dir anschauen, mein lieber Freund! Nicht mich! Außerdem: Dick war ich vielleicht, aber dafür manchmal auch ganz schön ungemütlich! Und in Körper und Geist äußerst behände!«

Toni verkniff sich eine Erwiderung.

»Lys sieht klug aus«, fand Nicola.

Peter ergänzte vorsichtshalber: »Ist sie, und sie ist auch sehr attraktiv.«

Justus nickte gnädig.

Nun war Bob an der Reihe. Er zog aus seinem Portemonnaie ein kleines Bild von Elizabeth hervor. Die Aufnahme von sich selbst als kleiner Junge, die er auch dabei hatte, steckte er schnell wieder zurück.

»Nett«, sagte Nicola.

»Ich hätte sie mir anders vorgestellt«, bemerkte Toni.

»Wie?«, fragte Bob.

»Na, vielleicht ein bisschen . . . herziger.«

»›Herziger‹ . . . ist das ein österreichisches Wort?«

Toni nickte und Bob nahm sich vor da später noch einmal nachzuhaken. Peters Freundin hingegen erntete bei Toni einen Ruf der Bewunderung. »Super, könnte glatt eine Wienerin sein!«

»Oder eine Münchnerin!«, sagte Nicola trocken. Sie hatte sich schnell auf Tonis direkte Art eingestellt. »Die schlagen die Österreicherinnen doch optisch um Längen.« Sie sah Toni herausfordernd an.

»Komm doch mal nach Wien, Nicola«, bemerkte Toni. »Dann machen wir den Test. Obwohl du bei jeder Wienerin mithalten könntest.«

»Na, dann bin ich aber froh!«

»Und du«, fragte Peter Nicola, »du hast hoffentlich auch ein Bild von deinem Freund dabei?«

»Nicht kneifen«, forderte Toni.

Nicola nickte. Es dauerte zwar eine Weile, bis sie ihr Portemonnaie aus dem Skianzug gefummelt hatte, aber schließlich hielt sie ein Foto ihres Freundes in der Hand. Die Detektive hatten ihr Ziel erreicht. Bob war wegen ihrer Vorgehensweise zunehmend unwohl zumute. Nicola war ihm sympathisch. Trotzdem konnten sie Nicola ja schlecht sagen, dass sie ihren Freund im Verdacht hatten. »Wie heißt er noch mal?«, fragte er.

»Pit, Pit Graff«, antwortete Nicola und erklärte, dass

dies ein relativ neues Bild sei, aufgenommen im letzten Sommer.

Jetzt galt es, sich das Foto möglichst gut einzuprägen. Diesmal war es Justus, der eine Idee hatte. »Irgendwie sieht er einem Freund von uns aus der Schule ähnlich«, behauptete er frech und drehte das Bild in seinen Händen. Jetzt konnte er in Ruhe Vergleiche ziehen. »Michael. Sein Gesicht. Die Frisur.« Es gab natürlich einen Michael an der Schule, um genau zu sein sogar mehrere. Aber sie glichen alle keineswegs dem Mann auf dem Foto. »Die Haare sind vielleicht etwas länger.« Justus kniff die Augen zusammen.

»Nein, inzwischen doch nicht mehr. Er trägt sie jetzt viel kürzer als Pit.« Peter griff das Bild und hielt es sich dicht vor die Augen. »Aber sie gleichen sich schon.« Dann bekam Bob das Foto in die Hand gedrückt. »Was meinst du, Bob?«

»Klar, wie aus dem Gesicht geschnitten. Dieselben Augen. Wie groß ist er denn, Nicola?«

»Na, etwa so wie Peter. Aber Toni hat noch nicht seinen spitzen Kommentar zu Pit abgegeben«, beschwerte sich Nicola.

Toni setzte eine gewichtige Miene auf. »Also, ehrlich gesagt, Nicola, ich hätte ihn mir optisch ein wenig anders gewünscht. Damit er noch besser zu dir passt.«

»Wie denn?«

»Na, doch mehr ein bisschen so wie . . . ich.«

Nicola prustete los. »Auf den Mund gefallen bist du wahrlich nicht.«

Die drei ??? stellen eine Falle

Nicolas Servicemann hatte Justus' Skier wieder gerichtet. Unter den verdrießlichen Blicken der zwei anderen SPEED-Mitarbeiter. Die drei ??? genossen diese Situation, besonders Peter. Entspannt saß er auf einer Bank, die Arme hinter dem Kopf verschränkt.

»Wie hat sich denn die Bindung gelöst?«, wollte Nicolas Techniker wissen.

»Die sind leider einem vollkommen unprofessionellen Menschen in die Hände gefallen«, sagte Justus trocken. Peter grinste und suchte auf den Gesichtern seiner gestrigen Gastgeber nach Reaktionen. Aber die schauten ohnehin dermaßen wütend, dass ihm nichts weiter auffiel. Justus bedankte sich höflich und grüßte zum Abschied etwas übertrieben freundlich in die Runde. Nur Nicola und ihr Servicemann grüßten zurück.

Dann machten sich Toni und die drei ??? wieder auf den Weg, nicht ohne dass Peter noch schnell einen Blick auf Picabo Road erhaschen konnte, die gerade ein paar Dehnübungen machte. »Komm schon«, drängelte Justus.

Sie fuhren nicht lange und hielten an der nächstbesten breiteren Stelle an. »Habt ihr diesen Pit schon mal gesehen?«, fragte Justus. Peter verneinte.

Bob war sich nicht sicher. »Der Blonde heute Morgen sah ihm etwas ähnlich. Aber ich würde meine Hand nicht dafür ins Feuer legen.«

Toni gab ihm Recht, auch er hatte an ihn gedacht. Aber die Begegnung war zu kurz gewesen.

»Glaubt ihr, dass Nicolas Techniker mit drinsteckt?«, wollte Peter wissen.

Justus schüttelte den Kopf. »Ich glaube, dass weder Nicola noch ihr Techniker dabei sind. Klar, der Techniker vertritt die Interessen der Skifirma. Aber ihn halten sie vielleicht aus dem Gröberen raus. Nicola soll in Ruhe ihre Erfolge erzielen. Drumherum wird derweil kräftig aufgeräumt. Das ist meine Theorie.«

»Wenn die Praxis mal genauso aussieht«, stichelte Toni.

»Toni, der Geist, der stets verneint«, entgegnete Justus. »Ist das eigentlich ein europäisches Phänomen, immer alles negativ zu sehen?«

Toni kam nicht zu einer Antwort, da Peter ihn anstieß und den Hang hinaufzeigte. »Schaut euch mal den Angeber an, wie der mit seinen Edelschwüngen an die Leute heranfährt. Fast schon eine Provokation.«

Bob gab ihm Recht. »Der fährt total rücksichtslos. Schau, einige Skiläufer verdrücken sich schon freiwillig.«

Da kam der Skifahrer auch schon herangerast und fuhr direkt auf Justus, Bob, Peter und Toni zu. Erst kurz vor der Gruppe setzte er zum Schwung an und fuhr außen an ihnen vorbei. So dicht, dass er mit der Schulter Peter streifte. Dann war der Fahrer weg.

»Das war er!«, riefen Peter, Bob und Toni gleichzeitig.

»Ja, das war eindeutig Pit. Der fährt wirklich wie ein Pistenteufel!«, sagte Justus. Einen Moment herrschte Stille.

»Dann ist er also doch schon da«, meinte Bob. »Was spielt er bloß für ein Spiel?«

»Ihm nach«, rief Justus. »Verfolgen wir ihn!«

Die Gruppe setzte sich in Bewegung. Realistisch betrachtet bestand keine Chance, Pit einzuholen. Am ehesten noch für Peter, der den anderen auch bald davongefahren war. »Wir treffen uns im Appartement«, rief Justus ihm nach.

Als Bob, Toni und Justus endlich bis an den Stadtrand abgefahren waren, war weder von Peter noch von Pit etwas zu sehen. Sie beschlossen zusammen mit Toni in ihr Appartement zu gehen. Zumal inzwischen Mittag war, Zeit zum Essen.

Während sich Bob um die Spaghetti kümmerte und Toni ihm assistierte, verzog sich Justus zum Telefon, um Karen anzurufen. Er erwartete sie in derselben niedergeschlagenen Stimmung, in der er sie am Morgen erlebt hatte. Doch als Karen sich meldete, klang ihre Stimme fest und klar. »Hi, Cousin. Ich habe mal wieder Post bekommen.«

»Post?« Justus pfiff durch die Zähne. »Du meinst – einen Drohbrief?«

»Ja. Er wurde an der Rezeption abgegeben. Jürgen hat nachgefragt. Von einem kleinen Jungen. Der hat wohl mit der ganzen Sache nichts zu tun und wurde von unserem geheimnisvollen Absender nur als Bote benutzt. Immerhin traut sich mein Gegner nicht mehr ans Zimmer heran.«

»Und was steht drin?«

»Ja, es ist ganz merkwürdig. Es geht um dich: ›Das Rennen naht. Denk nicht an deinen Cousin.‹«

»Welche Ehre«, sagte Justus. »Aber was soll das bedeuten?«

»Ich weiß es auch nicht. Ihr seid doch die Detektive . . . Aber mich hat der Brief aus meiner Lethargie geweckt. Jetzt will ich es langsam wissen!«

»Du klingst auch wieder ganz anders! Karen, wir kommen in gut einer Stunde vorbei. Bis dahin werden wir unsere Denkfabriken anwerfen. Apropos: Ich bin wirklich mit im Spiel. Heute Morgen war ich das Ziel einer Sabotage.« Und er erzählte Karen, wie seine vorsätzlich gelöste Skibindung fast zu einem schweren Unfall geführt hätte.

»Wir haben unsere Schutzengel dabei«, sagte Karen, »bis nachher also. Und erzählt mir langsam mal, was ihr herausbekommen habt.«

Justus legte auf. Im gleichen Moment summten der Elektroherd in der Küche und die Türklingel. Die Spaghetti waren fertig und Peter war da.

Da zuerst Peter erzählte, war sein Teller noch halb voll, als sich Bob, Toni und Justus bereits zum zweiten Mal nahmen.

Pit war ihm tatsächlich davongefahren. Doch als Peter den letzten Abhang vor Vail herunterschoss, hatte er unter vielen anderen Menschen den Blonden erspäht, wie dieser mit Skiern auf der Schulter in die Stadt davonging. In sicherer Entfernung folgte Peter ihm nach. Ab und zu drehte sich Pit zwar um – vielleicht um nach Verfolgern zu sehen –, aber Peter gelang es jedes Mal, sich vorher unauffällig wegzuwenden. So hatte ihn Pit zu dem Hotel geführt, in dem er wohnte. Es hieß *Snowhut*. Peter beobachtete noch, wie der Blonde an der Rezeption die Schlüssel holte, dann machte er sich auf den Weg zu seinen Freunden.

»Sehr gut«, lobte Justus. »Lass mich noch schnell einen kleinen Kontrollanruf machen.« Er stand auf, nahm sich das Telefonbuch und wählte eine Nummer.

»Hotel *Snowhut*? Ich hätte gerne Mr Pit Graff gesprochen. Ja, danke.« Er legte schnell den Hörer auf. »Jetzt ist es amtlich. Pit Graff ist hier. Sogar unter seinem richtigen Namen. Die Dame an der Rezeption wollte mich gerade zu ihm durchstellen.«

Peter schlug mit der Faust auf den Tisch. »Dieser Mistkerl! Er muss es sein. Er hat ein Motiv: Seine Freundin Nicola soll endlich den großen Erfolg haben. Er ist blond. Und er fetzt hier über die Pisten, obwohl er meilenweit entfernt sein sollte. Die Frage ist nur, wie wir ihn rankriegen? Wir haben keinen Beweis. Und er kann sein Spielchen weitertreiben.«

Justus nickte. »In der Tat, und er treibt es schon weiter. Karen hat heute Morgen einen neuen Drohbrief erhalten.«

Die Freunde schauten ihn erstaunt an. »Ganz schön frech, der Bursche«, meinte Bob. »Was stand denn drin?«

»›Das Rennen naht. Denk nicht an deinen Cousin.‹«

Peter stützte sein Kinn auf die Hand. »Was kann das wieder bedeuten?«

»Der macht sich doch einen bösen Spaß aus diesen Briefen«, sagte Toni. »Ein Katz-und-Maus-Spiel. Es ist immer ein kleiner Hinweis verborgen: Auf ›Augen auf die Piste‹ folgte der Anschlag mit dem Ast.«

»So weit waren wir schon«, unterbrach ihn Justus. »Und wisst ihr was?« Er machte eine Kunstpause, die ihre Wirkung nicht verfehlte: Die anderen sahen ihn erwartungsvoll an. »Ich glaube sogar, dass auch die Manipulation an meinen Skiern nicht ohne Vorwarnung geschehen ist. Wir haben sie nur nicht richtig gedeutet. Ich bin mir fast sicher, dass meine Skier heute Morgen mit Absicht am falschen Platz standen. Sozusagen als kleiner versteckter Hinweis. Und Pit hat sich ins Fäustchen gelacht, weil wir nichts gemerkt haben. Vermutlich war noch nicht einmal die Begegnung auf der Piste Zufall, sondern ein Zeichen seines Überlegenheitsgefühls.«

Toni nickte. »Genau, Justus, das passt! Vorwarnung: verstellte Ski. Ausführung: Justus landet im Schnee. Jetzt: ›Denk nicht an deinen Cousin.‹ Warum soll Karen nicht an dich denken, Justus?«

»Vielleicht, weil ein so netter Cousin wie ich ihre Konzentration ablenkt ... Nein, im Ernst, mir fehlt noch die Idee.«

Bob hatte die ganze Zeit schweigend zugehört. »Ich glaube, ich hab's«, sagte er bedächtig.

Die anderen drängelten. »Na los, raus damit!«

»›Denk nicht an deinen Cousin.‹ Denk nicht daran, was ihm heute passiert ist. Denk nicht an die Manipulation seiner Skier.«

»Klar«, rief Justus. »Das muss es sein, das ist es! Gratulation, Bob. Dazu: ›Das Rennen naht.‹ Pit scheint zu vermuten, dass sie morgen letztlich doch fährt. Er will vorher ihre Skier manipulieren.«

Plötzlich sprachen alle durcheinander. Justus hatte Mühe, die Ruhe wiederherzustellen. »Nicht alle auf einmal, es redet immer nur einer.« Der Erste Detektiv nahm dieses Recht sogleich für sich in Anspruch. »Ich glaube, das ist unsere Chance. Wir müssen dem Spuk ein Ende machen, bevor einige von uns im Krankenhaus liegen.«

»Wir stellen ihm eine Falle«, unterbrach ihn Toni.

Justus sah Toni streng an. »Wir haben zwei Möglichkeiten«, sagte er. »Erstens: Wir schauen in seinem Zimmer nach, ob wir den Skihandschuh finden, den er beim Anschlag auf Karen vergessen hat und den er ja offensichtlich zurückgeholt hat, bevor die Polizei kam.«

»Den wird er weggeworfen haben, wenn er klug ist«, meinte Peter.

Justus widersprach. »Nicht unbedingt. Warum hätte er ihn dann holen sollen? Vermutlich hat er uns nicht gesehen und glaubt, dass der Handschuh nicht entdeckt worden ist. Geschweige denn fotografiert.«

»Wenn wir den Skihandschuh in seinem Zimmer nicht finden, hat er ihn vielleicht doch beseitigt. Wenn wir ihn aber finden, haben wir einen Beweis«, sagte Bob. »Und MacManoman kann Pit mit unserem Foto vom Tatort überführen. Vorausgesetzt, MacManoman ist dazu fähig, den Film richtig zu entwickeln.«

Justus schmunzelte über die letzte Anmerkung und stimmte Bob zu. »Genau, Bob, es ist eine Chance, die wir nutzen sollten.«

Toni wandte sich an Justus. »Das war erstens, und zweitens?«

»Zweitens«, dozierte Justus, »wir stellen ihm eine Falle.«

»Aha«, murmelte Toni.

»Wenn wir wissen, was er vorhat, können wir ihn beobachten«, sponn Justus seinen Gedanken weiter. »Es geht um die Skier, da will er ran. Aber wir könnten sie verstecken. Karen und Jürgen müssten natürlich eingeweiht werden. Sie könnten zum Beispiel erzählen, dass sie die Skier aus Sicherheitsgründen an einem einsamen Ort versteckt haben.«

»Ein Ort, den wir gut überwachen können«, sagte Peter. »Vielleicht in einer der Hütten am Startplatz. Da geht Pit uns dann in die Falle.«

Bob gab zu bedenken: »Pit wird vielleicht damit rechnen, dass jemand auf die Hütte aufpasst, und versuchen trotzdem unbeobachtet einzudringen. Oder er wird sich etwas anderes einfallen lassen. So wie ich ihn einschätze, wird sein sportlicher Ehrgeiz ihn dazu treiben, seine Drohung wahrzumachen. Vielleicht gibt er dem Satz einfach eine andere Bedeutung. Er will immer einen Tick cleverer sein.«

»Ganz einfach!«, antwortete Peter. »Pit weiß ja nicht, dass wir ihn bereits verdächtigen. Selbst wenn er annimmt, dass man dem Täter oben an der Hütte eine Falle stellt . . . Wir überwachen ihn einfach schon unten. Wenn er etwas anderes vorhat, vielleicht gar nicht in die Hütte geht und mit dem Drohbrief nur ablenken wollte, sind wir trotzdem an ihm dran.«

»Gute Idee«, lobte Justus. Seine Hand bewegte sich zu seiner Unterlippe. »Passt auf. Jürgen soll Nicolas SPEED-Techniker erzählen, dass Karen morgen doch fahren wird. Aus Sicherheitsgründen sei sie jedoch nicht angemeldet. Außerdem wolle er ihre Rennski nicht im Hotel, sondern gleich oben auf der Hütte verstecken. Im Hotel ständen nur Ersatzski, die Karen morgen nicht benutzen würde. Der SPEED-Techniker wird es unseren zwei Freunden von SPEED erzählen. Die wiederum stehen in gutem Kontakt mit Pit. Peter und ich werden ab heute Abend Pit überwachen.«

Peter setzte sich auf. »Wenn sich eine Gelegenheit ergibt, werden wir uns sogar in seinem Zimmer umsehen können.«

Justus nickte. »Daran habe ich auch schon gedacht. Aber am wichtigsten ist, dass wir ihm im Falle eines Falles immer auf den Fersen bleiben und ihm gegebenenfalls in die Berge hinauffolgen. Dazu werden wir uns Jürgens Schneemobil ausleihen. Zu Fuß wird er bestimmt nicht in die Berge wandern. Bob überwacht in der Zwischenzeit sicherheitshalber die SPEED-Leute.«

Toni rutschte unruhig auf seinem Stuhl hin und her. Er kam in Justus' Plan nicht vor. »Und ich? Ich möchte auch mitmachen. Ich werde mich direkt in der Hütte verstecken.«

»Das wird nicht nötig sein«, sagte Justus. »Peter und ich passen doch auf Pit auf. Selbst wenn wir ihn aus den Augen verlieren sollten: Wir kennen sein Ziel und sind mit dem Schneemobil schnell oben. Tut mir Leid, Toni, aber jetzt wird's ernst. Und das ist nun einmal nur was für echte Detektive.«

Toni sagte nichts und verzog nur den Mund. Aber Bob merkte, dass damit für Toni noch nicht das letzte Wort gesprochen war. Justus wandte sich an Bob. »Bisher haben die zwei SPEED-Leute sich aus den Aktivitäten von Pit ja herausgehalten. So dreckig wollen die sich ihre Finger wohl nicht machen. Falls sie es sich heute Nacht anders überlegen, dann musst du sie irgendwie aufhalten. Sonst sind sie zu viele für uns.«

»Ich werde mir etwas einfallen lassen«, versprach Bob. »Und wenn heute Nacht gar nichts passiert?«

»Das glaube ich nicht«, sagte Justus. »Dafür spitzt sich die Situation zu sehr zu. Die Anschläge, die Briefe, morgen das Rennen. Und jetzt werfen wir einen Stein – mitten ins Wasser! Sehen wir mal, was er für Wellen schlägt.«

»Und was er uns für neue Einblicke in das sich dann hoffentlich langsam aufklarende Wasser ermöglicht«, ergänzte Bob.

Peters Sondereinsatz

Das Hotel *Snowhut* lag inmitten eines kleinen Parks. Nur wenige Lichter der Stadt drangen durch die Tannen hindurch. Dafür tauchte der Mond alles in sein kühles Licht, was die Szenerie noch geheimnisvoller machte. Justus und Peter hatten sich unter ihren Skianzügen dicke Pullover angezogen, da sie nicht wussten, wie lange die Nacht für sie werden würde. Sie kauerten bereits seit einiger Zeit unter zwei dicht beieinander stehenden Bäumen und warteten auf Pit. Von ihrem Standpunkt aus konnten die beiden Detektive besonders gut in die erleuchtete Eingangshalle blicken, die die zwei etwa gleichgroßen dreistöckigen Gebäudetrakte des Hotels als flaches Mittelstück verband. Die Seitenwände der Halle waren komplett verglast. Eine der zwei Ausgangstüren befand sich auf ihrer, die andere auf der gegenüberliegenden Seite. Justus und Peter konnten sie durch die Glasscheiben hindurch ebenfalls gut beobachten.

Es war noch früh am Abend. Die Gäste bereiteten sich auf das Abendessen vor, einige Fenster waren erleuchtet. Eins davon im ersten Stock musste Pit gehören, der sich vermutlich gerade in seinem Zimmer aufhielt. Jedenfalls hing sein Schlüssel nicht am Brett. Das hatte Justus herausbekommen, indem er sich mit einer belanglosen Frage an den Portier in der Eingangshalle gewandt hatte. Die Zimmernummer von Pit hatte er durch sein Telefonat am Mittag zufällig erfahren, als er sich weiterverbinden lassen wollte. »Pit Graff, ja, Zimmer 112, einen Moment bitte . . .«, so hatte die Empfangsdame reagiert.

Peter stellte sich wieder auf, die Hocke wurde ihm zu

anstrengend. »Ich bin dir ganz dankbar, Justus, dass du nicht den Vorschlag gemacht hast, dass ich auf die SPEED-Leute aufpassen soll. Von denen habe ich erst einmal genug.«

Justus stand ebenfalls auf. »Darum habe ich auch gleich Bob dafür eingeplant. Ihn kennen sie noch nicht so gut. Außerdem brauchen wir heute Nacht ja vielleicht noch deine sportliche Topform.«

»Mir ist viel eher nach einem gemütlichen Tee an der Bar«, meinte Peter. »Wer weiß, wie lange wir uns hier noch die Beine in den Bauch stehen müssen. Zum Schluss geht Pit ins Bett und schläft, während wir hier erfrieren.«

»Im Gegenteil: Wenn in seinem Zimmer das Licht ausgeht, bedeutet das für uns Alarmstufe eins! Peter, wir sollten uns nicht darauf verlassen, ihn im Foyer abzupassen. Wir müssen unbedingt herausfinden, welches der Fenster zu seinem Zimmer gehört.«

»Wie wär's, wenn du dazu dein Superhirn einschaltest?«

»Man braucht kein Superhirn, um festzustellen, dass das Zimmer 112 im ersten Stockwerk liegt. Aber auf welcher Seite es liegt und wie die Zimmer innerhalb einer Etage durchgezählt sind, kann selbst mein Superhirn nicht wissen.«

»Schau doch einfach mal nach.«

»Ich gehe nicht noch einmal hinein. Mich kennt der Portier schon. Peter, ich dachte eher an dich.«

Peter stöhnte auf. »Mein Bedarf an Abenteuern ist gedeckt! Ich weiß ohnehin nicht, ob unser Plan wirklich so gut war. Was machen wir, wenn uns der Typ abhaut? Oder wenn wir Bob brauchen? Wir haben ja überhaupt keine Verbindung zu ihm. Hätten wir nicht wenigstens ein Handy organisieren können?«

Justus legte seinem Freund einen Arm um die Schulter. »Nicht in Panik verfallen, Peter. Lass dich nicht von der unheimlichen Umgebung hier beeindrucken. Von der Kälte. Von unserem ominösen Gegner. Peter, wir sind doch die großen drei ???!«

»Schon gut, Justus. Das Warten hier hat mich tatsächlich nervös gemacht«, gab Peter zu.

Jetzt wurde ein Licht im ersten Stock gelöscht, kurz darauf noch eins. »Warten wir noch einen Moment, dann gehe ich rein«, sagte Peter.

»Okay.«

Die beiden Freunde starrten in die Empfangshalle. Aus dem rechten Gebäudetrakt tauchte ein Mann auf, der quer durch den Empfangsraum ging. »Das ist er!« Peters Stimme zitterte leicht. Justus erkannte ihn ebenfalls. Pit hatte nur Pullover und Jeans an. Das sprach dafür, dass er nicht hinauswollte. Er redete kurz mit dem Portier, dann verschwand er in dem linken Gebäudetrakt.

»Er geht essen«, mutmaßte Justus. »Links unten ist das Restaurant. Ziemlich früh. Aber vielleicht hat er heute ja noch was vor. Auf alle Fälle für uns eine gute Gelegenheit. Peter, jetzt kannst du in Ruhe die genaue Lage des Zimmers ausfindig machen.«

Ein kurzes gegenseitiges Nicken und Peter verschwand in Richtung Hotel.

Als der Zweite Detektiv in die Eingangshalle trat, war der Portier gerade mit einem Telefonat beschäftigt. Trotzdem blickte er kurz auf. Peter grüßte so normal und freundlich, wie es ein Gast des Hotels getan hätte, und genauso ruhig, aber zielstrebig ging er auf die Treppe zu.

Dann erreichte er den ersten Stock. Die Seite, die er gewählt hatte, war richtig. Rechts im Flur begannen nach einer Abstellkammer die Nummern 101, 102 und links endeten sie mit 131, 132. Dann musste Zimmer 112 auf der rechten Seite liegen, also auf der Seite, die Justus und Peter von unten hatten beobachten können.

106, 107, 108 . . . Peter schritt den Gang entlang. Da war es: Zimmer 112. Von außen gesehen musste es das dreizehnte Fenster sein, wenn er den Abstellraum mitrechnete.

Eine andere Tür wurde von innen geöffnet. Ein Zimmermädchen kam heraus und ging ihm entgegen. Eine ungewöhnliche Zeit für den Zimmerservice, aber vielleicht war ein Gast sehr spät abgereist. Peter grüßte und ging ein Stück weiter. Das Zimmermädchen verschwand in dem Abstellraum.

An der Tür, die das Zimmermädchen hinter sich zugezogen hatte, baumelte etwas. Ein silbernes Flackern. Unweigerlich blieb Peters Blick an dem Gegenstand hängen. Es war ein Schlüsselbund. Das Zimmermädchen hatte den Schlüssel stecken lassen. Wahrscheinlich kam sie gleich zurück. Es musste der Zentralschlüssel sein, der in alle Zimmer passte. Peter pochte das Blut in den Adern. Damit konnte er die Tür zu Pits Zimmer öffnen. Die Handschuhe. Der Beweis. Sollte er das Risiko eingehen? Immerhin war es ein Einbruch. Sollte er die Chance nutzen?

Der Gang war noch leer. Peter zog den Schlüssel ab, steckte ihn vorsichtig in das Schloss von 112. Er passte. Peter drehte ihn leicht nach links, die Tür sprang auf. Er zog den Schlüssel wieder ab. Aus dem Abstellraum drang ein Geräusch. Peter steckte seinen Handschuh in den Türspalt und lehnte die Tür vorsichtig an. Jetzt schnell den Schlüssel wieder in die andere Tür, bevor das Zimmermädchen zurückkam. Peters zitternde Hand fand die richtige Stelle nicht. Verdammt, warum musste er auch so nervös sein. Gerade als sich die Tür der Abstellkammer öffnete und ein Reinigungswagen herausgeschoben wurde, glitt der Schlüssel in die Öffnung. Peter drehte sich um und schlüpfte ins Zimmer 112. Hinter ihm fiel die Tür ins Schloss.

Das Erste, was Peter spürte, war Kälte. Pit hatte das Fenster offen stehen. Wahrscheinlich wollte er die Abwesenheit zum Lüften des Raumes nutzen. Auch Peter atmete erst einmal durch.

Währenddessen stand Justus unter der Tanne. Langsam wurde ihm kalt. Er sah hinüber zum Haus. Nichts Auffälliges. Eins der Fenster im ersten Stock stand sperrangelweit offen. Aber wo steckte nur Peter? Dass der Portier in ihm einen Gast vermutete, hatte Justus noch mitbekommen. Aber es konnte doch nicht so lange dauern, eine Zimmernummer zu finden. Der blonde Pit jedenfalls war glücklicherweise noch nicht wieder aufgetaucht.

Justus dachte kurz an das Gespräch mit Karen und Jürgen. Die beiden waren ihren Plänen gegenüber skeptisch gewesen und es hatte einer längeren Diskussion bedurft, sie vom Mitmachen zu überzeugen. Andererseits sahen sie auch keinen Grund, warum man es nicht versuchen sollte. Es gab ja nichts zu verlieren.

Justus bemerkte, dass in dem Zimmer mit dem offenen Fenster ein kleines Licht anging, vielleicht ein Nachttischlämpchen. Es war von der Mitte aus gerechnet das dreizehnte Fenster, vielleicht war es das Zimmer von Pit. Die Vorhänge waren nicht vorgezogen und Justus konnte beobachten, dass ein Schatten ab und zu an der Wand entlanghuschte. Ob Peter in Pits Zimmer eingedrungen war und die Handschuhe suchte? Aber er war doch vorhin noch so ängstlich gewesen. Da tauchte im Licht kurz Peters Kopf auf. Wie immer, dachte Justus, wenn sich eine Chance ergibt, nutzt er sie auch. Hoffentlich beeilt er sich. Justus schaute wieder in die andere Richtung, er musste schließlich auch auf die Eingangshalle achten. Er wendete seinen Blick gerade noch rechtzeitig: »Oh, nein!«, entfuhr es ihm. »Da kommt Pit zurück!«

Fieberhaft überlegte Justus, wie er seinem Freund helfen konnte. Das Fenster war ja offen, Peter konnte ihn hören. Er pfiff den verabredeten Vogelruf, der ja bereits letzte Nacht so gute Dienste geleistet hatte. Doch Peter schien es nicht zu bemerken.

Peter öffnete im Schein der Nachttischlampe eine Schublade nach der anderen, dann riss er die Schranktüren auf. Wenn er die Handschuhe finden würde, wäre das Herumstehen in der Kälte vorzeitig beendet. Bei diesem Gedanken musste Peter in sich hineinlächeln. Er suchte ruhig und konzentriert. Das Abendessen von Pit würde ja noch eine Weile dauern. Aus welchem Grund sollte er auch vorzeitig zurückkommen? Keine Skihandschuhe in den Fächern. Nur Pullover, Unterwäsche, zwei Skianzüge, einer davon war dunkel. Hatte Bob nicht von einem dunklen Skianzug berichtet? Vorsichtig, damit er keine Spuren hinterließ, legte Peter die Skihose zurück in das Schrankfach. Er schloss die Tür. Sein Blick fiel wieder auf die große Reisetasche, die am Fußende des Bettes stand. Sie war ihm zwar sofort aufgefallen, aber er wollte sich erst einmal um die Schränke kümmern.

Plötzlich hörte Peter Schritte auf dem Gang. Er schrak zusammen. Die Reisetasche musste er aufgeben oder später untersuchen. Peter hoffte, dass die Schritte, die er auf dem Gang hörte, die eines Gastes aus einem anderen Zimmer waren. Draußen rief ein Vogel, doch Peter achtete nur auf die Geräusche im Gang. Der Unbekannte kam immer näher. Wo konnte er sich verstecken? Die Schränke waren zu klein und außerdem sehr risikoreich. Wenn Pit jetzt schon zurückkam, hatte er bestimmt etwas vergessen und würde dort nachschauen. Das Bad? Die Dusche? Ach ja, das Licht brannte ja noch. Peter löschte die Nachttischlampe. Gerade noch rechtzeitig. Da hörte er schon den Schlüssel an der Tür. Und er stand immer noch mitten im Zimmer. Schweißperlen traten ihm auf die Stirn. Jetzt war es schwer, die Kontrolle zu behalten. Das Fenster! Natürlich. Erster Stock, das musste reichen. Peter schwang sich auf die Fensterbank, blickte hinunter. Unter ihm schwach leuchtender, tiefer Schnee. Darunter musste Rasen sein. Er sprang. Im selben Moment, als er im weichen Schnee landete, ging im Zimmer über ihm das Licht an.

Justus hatte von seiner Position aus alles beobachtet, machtlos, ohne eingreifen zu können. Jetzt atmete er tief durch. Er sah, wie Peter sich schnell an die Hauswand drückte, ein Stück an ihr entlanglief und dann im dunklen Schutz einiger Tannen zu ihm herüberhuschte.

»Das war knapp, mein Freund«, sagte er zu Peter und klopfte ihm auf die Schulter. »Aber es war spannend, dir bei deinem Sondereinsatz zuzusehen. Besonders dein Absprung aus dem Fenster verdient gute Haltungsnoten.«

»Danke, aber auf die dramaturgische Einlage hätte ich verzichten können.«

»Und hast du die Handschuhe gefunden?«

»Nein, leider nicht. Ich konnte allerdings auch nicht überall nachsehen. Pit kam zu früh zurück. Der muss Fast Food zu sich genommen haben.«

»Oder ihn hat die Speisekarte nicht überzeugt.«

»Gut, dass wir selber kochen und nicht essen gehen müssen«, witzelte Peter.

Immerhin wussten die beiden Detektive jetzt, welchen Raum sie beobachten mussten. Ob Pit etwas bemerkt hatte, wurde nicht ganz klar. Er schaute kurz aus dem Fenster, dann schloss er es sogleich und zog die Vorhänge vor. Das Licht innen blieb brennen.

»Langsam frieren mir die Füße ein«, sagte Justus.

Ein Gefühl, das Peter im Augenblick nicht nachvollziehen konnte. »Komisch, mir ist ganz warm.«

»Dein Blutdruck wird schon wieder sinken.«

Peter legte einen Finger auf die Lippen. »Pscht, ich glaube nicht«, flüsterte er, »eher wird deiner steigen. Schau mal, da drüben an der Baumgruppe, da steht doch ein Mann.«

Justus schaute hinüber. Tatsächlich, er war in der Dunkelheit zwar schwer auszumachen, aber ganz offensichtlich stand dort im Schatten der Bäume eine Person. »Was will der hier?«, überlegte Peter.

»Entweder beobachtet er auch das Hotel oder aber uns«, flüsterte Justus.

Peters Stimme klang gereizt. »Hoffentlich nicht schon wieder die Kameraden von SPEED! Mir gefällt dieser Abend nicht. Ich habe immer mehr das Gefühl, dass wir es sind, die in der Falle sitzen, und nicht Pit.«

»Auch wenn's schwer fällt, wir müssen einen kühlen Kopf bewahren. Genau so wie du es eben im Zimmer von Pit geschafft hast. Wir müssen die Initiative ergreifen.«

»Wieder mal einen Stein ins Wasser werfen?«

Justus nickte. Er blickte sich um. Eine weitere Person konnte er nicht entdecken. Das war eine Chance. »Pass auf. Der Mann ist alleine, wir sind zu zweit. Im Gegensatz zu ihm können wir uns aufteilen. Trennen wir uns.«

Peter blickte ihn erschrocken an. Doch Justus beruhigte ihn. »Nur für kurze Zeit, Peter. Diesmal übernehme ich den schwereren Part. Wir gehen zusammen in die Empfangshalle, durchqueren sie einfach und verlassen sie durch die Tür auf der anderen Seite. Dort trennen wir uns, jeder geht um einen Teil des Gebäudes, ich rechts und du links herum. Das hat den Vorteil, dass wir hier automatisch wieder zusammenkommen. Außerdem muss der Mann dann reagieren, er muss aus seiner Deckung herauskommen. Zweiteilen kann er sich schließlich nicht. Entweder überraschen wir ihn hier vor der Eingangshalle, wenn wir von beiden Seiten kommen. Oder er bewegt sich nicht aus seiner Deckung, dann schleicht sich einer von uns von hinten an ihn heran.«

»Und was ist, wenn ich hier wieder ankomme, und du bist nicht da?«

»Peter, dann gehst du weiter am Haus entlang in die Richtung, aus der ich kommen muss. Denk dran, wir sind zu zweit.«

»Und wieso hast du dabei den schwereren Part?«

»Ich gehe um das rechte Gebäude herum. Mein Weg führt an den Bäumen vorbei, an denen der Mann steht.«

»Okay, Erster Detektiv.« Peter gab zu, dass das eine Möglichkeit war, um Bewegung in die Sache zu bringen. Viel Zeit würde es auch nicht kosten.

In Pits Zimmer brannte noch Licht. Hoffentlich würde er nicht gerade jetzt den Raum verlassen. Die beiden schritten schnell auf die Empfangshalle zu und gingen hinein ohne sich umzudrehen. Justus grüßte bewusst freundlich den Portier, der verwundert zu ihnen aufsah. Sie gingen schnell auf die gegenüberliegende Tür zu und verließen den hell erleuchteten Raum wieder. Erst hier draußen in der Dunkelheit schaute sich Justus um. In die Halle war ihnen niemand gefolgt. Der Portier blickte ihnen immer noch nach. »Trennen wir uns, Peter. Bis gleich.«

»Bis gleich!«

Justus schlich an der Hauswand entlang. Seine Augen gewöhnten sich wieder an das fahle Mondlicht. Ihm fiel nichts weiter auf. Auch kein außergewöhnliches Geräusch, nur gedämpfte Stimmen aus einigen Zimmern über ihm waren zu hören. Ein leichter Wind kam auf und die Äste der Tannen bewegten sich schwankend. Justus musste sich konzentriert umschauen. Aufpassen, dass er nichts übersah. An der ersten Ecke des Gebäudes verlangsamte er sein Tempo. Nun kam er an die Seite des Hotels, die der geheimnisvolle Beobachter von seiner Position aus möglicherweise einsehen konnte. Aber auch er würde von hier aus gut hinüberblicken können. Vorsichtig schaute er um die Ecke. In einigen Metern Entfernung bewegten sich die Bäume, unter denen der

Mann gerade noch gestanden hatte, leicht im Wind. Justus konnte die Stelle gut überblicken. Es war niemand mehr da. Also war ihnen der Mann möglicherweise zum Hotel gefolgt. Jetzt hieß es schnell sein, um den Mann noch vor dem Eingang zu überraschen. Justus drückte sich um die Ecke herum und schlich weiter. Plötzlich nahm Justus aus den Augenwinkeln wahr, wie sich hinter ihm ein großer, ein mächtiger Schatten aus der Dunkelheit löste. Kräftige Arme schlossen sich wie Ketten um ihn. Justus konnte einen kurzen Schrei nicht unterdrücken.

»Na, was haben wir denn da für ein Bürschchen«, brummte es direkt hinter ihm. Justus bekam kaum Luft, so fest hielten ihn die Arme. Trotzdem gelang es ihm, seinen Kopf zu wenden. Er blickte in ein Gesicht, das er nur zu gut kannte: MacManoman grinste ihm hämisch entgegen. »So, so, Justus Jonas. Seid ihr wieder einmal bei einem eurer verrückten Partyspiele? Verstecken? Schnitzeljagd?«

Die Anspannung bei Justus löste sich augenblicklich. MacManomans Sprüche, so nervig und herablassend sie auch sein mochten, in der augenblicklichen Situation waren sie ihm tausendmal lieber als eine erneute Begegnung mit den rauen SPEED-Typen. Doch bevor er antworten konnte, bedeutete ihm MacManoman ruhig zu sein. »Warten wir noch auf deinen Kumpel.«

Peter sollte also auch noch eine Lektion erteilt werden. MacManoman stellte sich direkt hinter der anderen Gebäudeecke auf. Justus hörte, wie sich an der Hauswand schnelle Schritte näherten. Peter hatte offenbar jede Vorsichtsmaßnahme fallen lassen, als er seinen Freund nicht am vereinbarten Ort angetroffen hatte. Das

Erste, was Justus von Peter sah, war sein Gesicht, das um die Ecke blickte. Es schob sich direkt vor die dicke Knollennase des Polizisten. Erschrocken zuckte Peter zurück und kam dann ganz zum Vorschein. Für heute ist er wohl bedient, dachte Justus mitfühlend. MacManoman lachte und zog Peter hinüber zu Justus. »So, Sportsfreunde, jetzt mal raus mit der Sprache! Was treibt ihr hier?«

Es hatte keinen Sinn, MacManoman etwas vorzumachen. Besonders Peters Nerven waren am Ende. Also begann Justus sehr umständlich zu erzählen, dass sie hier als Detektive und nicht als Verwandte von Karen tätig waren. MacManoman hörte amüsiert zu und unterbrach ihn nicht. Justus zog ihre Visitenkarte hervor und überreichte sie MacManoman. »Wir sind quasi Kollegen«, murmelte er.

MacManoman studierte die Karte. »Nett«, sagte er. »Apropos: viele Grüße von Inspektor Cotta!«

Justus und Peter starrten sich an. Dann hatte MacManoman also Bescheid gewusst!

»Natürlich, ich habe eure Personalien überprüft und herausbekommen, dass ihr nicht mit Karen verwandt seid«, berichtete MacManoman. »Mein Polizeikollege und euer Freund Cotta aus Rocky Beach hat mir ein paar schöne Detektivgeschichten von euch erzählt. Wenn Cotta nicht gewesen wäre, hätte ich euch gleich aus Vail hinausgeschmissen. Aber er hat gemeint, ich solle die drei ??? ruhig mal machen lassen. Ab und zu hättet ihr durchaus eine Erfolg versprechende Idee.« Er schmunzelte. »Und die möchte ich nun gerne kennen lernen. Aber dazu gehen wir am besten ins Warme.«

Das Trio machte sich auf den Weg. Der gute alte

Cotta, dachte Justus, so schwierig er auch sein konnte, eine lange gemeinsame Geschichte verbindet offenbar doch. Aber es kränkte Justus sehr, dass sie MacManoman in die Falle gegangen waren. Ihr ganzer Plan war dadurch über den Haufen geworfen worden. Ob der Polizist Peters kleinen Ausflug in das Zimmer von Pit gesehen hatte? Hoffentlich nicht. Immerhin war es ein Einbruch. »Wie lange haben Sie uns schon beobachtet?«, fragte Justus. »Sie waren es doch, der dort drüben zwischen den Bäumen stand?«

MacManoman stapfte durch den Schnee und nickte. »Zufall, zugegeben. Ich war noch nicht lange da. Ihr habt mich leider schnell entdeckt.«

»Und was führte Sie her?«

»Vermutlich derselbe Grund, der euch auch hergeführt hat: um Pit Graff auf den Zahn zu fühlen.«

Das Blatt wendet sich

Bob hatte es sich im Foyer des Hotel *Sun Park* auf einem Ledersessel gemütlich gemacht. Die Treppe und auch die Aufzüge hatte er von seiner Position aus gut im Blick. Dass sich die beiden SPEED-Mitarbeiter, Patrick und der Bärtige, in ihrem Zimmer aufhielten, hatte er schnell herausbekommen. Bobs Gedanken wanderten zu Justus und Peter, die möglicherweise kurz vor der Klärung des Falles standen. Während er hier saß und saß und saß . . . Aber jemand musste auch diesen Job erledigen, das sah Bob ein. Dann dachte er an Toni. Er war jetzt sicher sehr einsam, dort oben. Mut hatte er ja, der Toni.

Als sich die Freunde vorhin getrennt hatten, war Toni noch ein Stück mit Bob gegangen. Und er hatte Toni nicht von seinem Plan abbringen können, mit dem letzten Lift auf den Berg zu fahren und sich in einer der Holzhütten, die in der Gegend des Startplatzes standen, zu verstecken. Dort wollte er auf den Täter warten und Justus und Peter helfen. Vielleicht war es ja ganz gut so, dann waren sie wenigstens zu dritt.

Verschiedene Gäste betraten die Empfangshalle. Jemand Bekanntes entdeckte Bob allerdings nicht. Er drehte sich um. Hinter ihm befanden sich Telefonzellen. Vielleicht konnte er die Zeit nutzen und sich mal bei Elizabeth melden. Er hatte Lust, mit ihr zu sprechen und ihr alles zu erzählen. Bob stand auf und ging zum Telefon. Elizabeth meldete sich beim dritten Klingelzeichen.

»Bob! Hallo! Schön, dass du anrufst. Wirklich. Ich bin gerade in einer entsetzlichen Stimmung.«

»Warum?«

»Na, weil Ferien sind und heute Abend absolut nichts läuft. Lys und Kelly haben was vor und du bist mal wieder als Detektiv unterwegs. Ich sitze zu Hause und schiebe Frust.«

»Tut mir Leid, Elizabeth. Ich weiß, dass es manchmal schwer ist, mit unseren spontanen Einsätzen. Vielleicht sollten Detektive ihre Freundinnen öfters mitnehmen.«

»Oder Detektive sollten gar keine Freundinnen haben!«

Bob stockte kurz. »Du, Elizabeth, den Satz habe ich so ähnlich vor kurzem schon einmal gehört.«

»So, von wem denn? Wer beschwert sich denn noch über deine ständige Abwesenheit?«, fragte sie spitz.

»Nicht in Bezug auf mich, Elizabeth. Karen Sulzenberger, die inzwischen übrigens ein Attentat heil überstanden hat, hat das gesagt. Sinngemäß meinte sie zu Justus, für einen Freund hätte sie als Profisportlerin keine Zeit mehr.«

»Und hat sie einen Freund?«

»Nein. Aber sie hatte mal einen.«

»Und das wurde ihr dann zu viel? Hat sie ihn rausgeschmissen? Oder er sie?«

Bob schwieg. In ihm arbeitete es plötzlich fieberhaft. Elizabeth hatte einen Gedanken angestoßen, der bereits die ganze Zeit in ihm geruht hatte. »Du, Elizabeth, ich glaube, die drei Superdetektive haben etwas übersehen«, sagte er mit zitternder Stimme. »Kannst du dir vorstellen, dass jemand auf den Erfolg der Freundin eifersüchtig ist? Zum Beispiel auf den Erfolg beim Skifahren? Dass er es nicht verkraftet, dass seine Freundin zunehmend in der Skiszene verschwindet und dabei immer weniger Zeit für ihn hat? Die Freundschaft geht kaputt und er hat das Gefühl, sie sozusagen an den Ski verloren zu haben?«

»Klar, in meiner jetzigen Laune kann ich das gut nachvollziehen.«

»Und dass seine Gefühle in Hass umschlagen: in Hass auf den Erfolg, in Hass auf das Skifahren und letztlich in Hass auf den anderen Menschen?«

»Dazu muss man schon ziemlich verrückt sein oder sich da kräftig hineinsteigern. So was kann es natürlich geben. Wer weiß schon, was in einsamen Herzen vor sich geht. Aber über solche Probleme redet man doch normalerweise. Außerdem ist eine Freundin doch kein Privatbesitz. Er muss sie doch auch so mögen, wie sie ist. Und sie vielleicht sogar unterstützen.«

»Ja, so sollte es sein, Elizabeth. Aber du hast ja selbst gemerkt, wie solch eine Situation entstehen kann. Und apropos bedingungslose Unterstützung: Von diesem Extrem haben wir hier auch ein Beispiel. Pit Graff, der Freund von Nicola Schalla, der sie zum Erfolg puschen will. Manchmal wird das sogar Nicola zu viel. Er ist sozusagen das direkte Gegenteil von Karens Exfreund. Pit hatten wir bis jetzt im Verdacht.«

»Du bist ja ein richtiger Psychologe, Bob. Aber dein Gedankengang klingt einleuchtend. Nun hältst du also den Exfreund von Karen für den Täter?«

Bob bejahte. »Ich bin mir jetzt fast sicher. Das würde genauso passen. Vielleicht sogar noch besser: Auf Justus gab es nämlich ebenfalls einen Anschlag. Wir haben uns gefragt, warum ausgerechnet auf ihn? Er ist derjenige mit dem engsten Kontakt zu Karen. Er gibt sich als ihr Cousin aus. Vielleicht hat der Exfreund ihn sich deswegen ausgesucht. Auch eine Art von Eifersucht.«

»Das wäre eine Erklärung.«

Bob redete weiter. »Und noch etwas fällt mir ein. Bei Justus' Sturz heute Morgen haben wir einen blonden Mann gesehen, der nicht Pit Graff war. Er fiel uns auf, aber wir haben uns nichts weiter dabei gedacht. Blonde Menschen gibt es schließlich viele. Aber wenn es nun der Exfreund war?«

»Dann schnappt ihn euch doch!«

Bob sprach jetzt schnell und hektisch. »Elizabeth, wir haben die Falle bereits gestellt! Aber wir haben uns verkalkuliert. Justus und Peter lauern Pit auf, der vielleicht gar nicht der Täter ist. Sie verlieren wertvolle Zeit bei der Bewachung des Falschen. Und . . .«, Bob wurde es siedend heiß, ». . . und Toni sitzt allein in der Skihütte und wartet auf Justus und Peter und auf den falschen Täter. Aber die kommen nicht. Der Einzige, der kommen wird, ist der wahre Attentäter!«

»Wer bitte ist Toni?«, fragte Elizabeth.

Doch wenn seine Theorie stimmte, galt es, keine Zeit mehr zu verlieren. Bob verabschiedete sich von Elizabeth ohne ihr zu erklären, wer Toni war. Als Erstes wollte er versuchen Karen zu erreichen. Ihr Hotel lag in der Nähe. Auf die Sonderbewachung der SPEED-Männer musste er jetzt verzichten. Bob joggte los.

Karen saß im Kreis der Skimannschaft in dem Restaurant ihres Hotels beim Abendessen. Bob näherte sich ihrem Tisch. Sein Gesicht war vom Rennen knallrot. Er bekam kaum noch Luft. »Was ist denn mit dir los, Bob?«, empfing ihn Karen.

»Ich muss dich unbedingt sprechen!« Bob schaute in die Runde. »Unter vier Augen.« Die anderen blickten ihn verwundert an, aber Karen stand auf und ging mit Bob zu einem unbesetzten Tisch.

»Dein Exfreund«, stieß Bob hervor, »ist er blond?«

»Ja. Uli ist blond. Wieso?«

Bob überging die Gegenfrage einfach: »Warum habt ihr euch getrennt?«

»Na ja, es ist noch nicht mal ein Jahr her. Es ging wieder los mit der Skileistungsgruppe. Es gab dauernd Streit zwischen uns. Er hat es nicht akzeptiert, dass mir das Profiskifahren Spaß macht und dass ich so viel unterwegs bin. Er hat das alles boykottiert, wollte die anderen Mädels nicht kennen lernen und auch nicht die Trainer.«

Bob wurde immer aufgeregter. »Hast du ihn nach der Trennung wieder gesehen?«

»Nein. Er hat sich so unfair benommen, mich angebrüllt, gesagt, dass ich ihm gehöre. Ich bin froh, dass es vorbei ist. Er war eine glatte Fehlentscheidung, zum Glück nur für ein paar Monate.«

»Fährt er gut Ski?«, fragte Bob.

»Ja, Uli fuhr sehr gut. Deswegen hat es ihn auch so geärgert, dass ich sportlich gefördert wurde und er nicht. Hast du ihn im Verdacht?«

»Ist das so abwegig?«

Karen überlegte einen Moment. »Möglich wär's«, sagte sie schließlich bedächtig. »Aus ihm bin ich nie richtig klug geworden. Er ist ziemlich selbstbezogen. Aber ihr hattet doch Pit im Verdacht, weil er schon in Vail ist, obwohl man ihn erst morgen erwartet.«

»Vielleicht ist Pit nur früher gekommen und will Nicola überraschen. Das wäre eine einfache Erklärung.«

»Das habe ich euch heute Nachmittag auch schon gesagt«, meinte Karen. »Und dass er ein anderes Hotel genommen hat, erklärt sich ebenfalls ganz einfach: Freunde und Ehemänner dürfen nicht im Hotel der Mannschaft übernachten.«

Bob nickte schuldbewusst. »Wir waren ziemlich vernarrt in unsere Theorie. Aber noch ist ja weder das eine noch das andere bewiesen. Karen, besitzt du ein Foto von Uli?«

»Von dem? Nicht hier, das wäre ja noch schöner! Aber es existieren noch Bilder, auf denen er mit drauf ist. Die sind allerdings bei mir zu Hause.«

»Wie sieht er aus? Hat er irgendwelche besonderen Kennzeichen?«

»Nein, ich wüsste nicht, welche. Doch, er hat eine ziemlich große Nase.«

Bob stand auf. »Wir müssen jetzt handeln«, sagte er. »Toni ist in Gefahr. Kannst du Jürgen holen?«

Die Sache wird heiß

An der Talstation des Liftes herrschte kaum noch Betrieb. Toni ließ sich auf einen leeren Vierersessel fallen. Fast alle Hänge des Skigebietes lagen schon im Schatten. Die Dämmerung würde bald einsetzen. Von seinem Lift aus beobachtete Toni, wie sich auf den Pisten unter ihm die letzten Skifahrer talwärts bewegten. Dann drehte sich Toni um und schaute, ob hinter ihm noch jemand den Berg hochfuhr. Die nächsten vier Sessel waren frei. Doch dann erstarrte er. Auf dem fünften Sessel saß ein blonder Mann. Die Entfernung war zu groß, um sein Gesicht genauer zu sehen. Von der Statur her konnte es Pit sein. War er Peter und Justus doch entwischt? Dann musste Toni sein Vorhaben ändern. Dann war es zu gefährlich, sich alleine in der Skihütte zu verstecken. Er beschloss sicherzugehen und den Blonden am Liftende abzupassen.

Als Toni an der Bergstation mit seinem Snowboard ausstieg, hielt ihn ein Mitarbeiter des Liftbetriebs an. »Die Strecken schließen bald, aber Sie können in Ruhe abfahren«, sagte er freundlich. »Wir kontrollieren zum Schluss noch einmal jede Piste.«

Toni nickte. »Kein Problem, ich bin bald unten.«

Er entfernte sich ein Stück vom Lift und blickte sich um. Der Blonde würde gleich da sein. Toni bückte sich und tat so, als müsse er etwas an seinem Schuh richten. In Wirklichkeit beobachtete er konzentriert den Liftausstieg. Der blonde Skifahrer war oben angekommen. Der Liftmitarbeiter sprach mit ihm. Er sagte dem Ankömmling vermutlich denselben Satz auf, den er zuvor auch Toni mitgeteilt hatte. Dann machte der Skifahrer die Schnallen seiner Skischuhe zu und zurrte den erstaunlich großen Rucksack fest, den er auf dem Rücken trug. Er fuhr los, angetrieben von einem kräftigen Stockeinsatz und ein paar Skatingschritten. Als er an Toni vorbeiglitt, war er schon ziemlich schnell. Der Mann blickte kurz auf den Snowboardfahrer herunter, der sich immer noch tief gebückt hatte. Toni stand erleichtert auf. Der Skifahrer war eindeutig nicht Pit Graff. Dafür war allein schon seine Nase viel zu groß. Trotzdem kam ihm der Blonde bekannt vor. War er nicht heute Morgen bereits hinter ihnen den Lift hochgekommen? Heute Morgen, als Justus kurz darauf gestürzt war? »Solche Zufälle gibt es«, murmelte Toni. »Nur nicht nervös werden. Bob würde jetzt auch cool bleiben.« Jedenfalls, so überlegte er, brauchte er seinen Plan nicht zu ändern.

Toni wählte seine Route und näherte sich vorsichtig dem Platz, von dem aus morgen Mittag das große Abfahrtsrennen gestartet werden sollte. Er begegnete noch einigen wenigen Skifahrern. Der Blonde mit der großen Nase tauchte nicht mehr auf. »Ich hab's ja gesagt, ein Zufall«, murmelte Toni.

Drei Holzhütten standen auf dem inzwischen menschenleeren Skihang. Er fuhr nacheinander zu jeder von ihnen hin und blickte durch die Fenster ins Innere. Zwei Hütten waren reine Lager für Zäune und Auffangnetze. Toni prüfte die Türen. Sie waren noch nicht einmal verschlossen.

Die dritte Hütte war die größte. Sie hatte eine Grundfläche von vielleicht fünf mal fünf Metern. In ihr lagerten einige Getränke- und Speisevorräte. An der Wand standen zwei Schränke. Hier würde Pit Karens Skier am ehesten vermuten. Die Tür zur Hütte war verschlossen, wenn auch nur durch ein einfaches Schloss. Es würde einem Eindringling nicht lange Widerstand leisten. Das Holzfenster jedoch war innen nur durch zwei alte, morsche Riegel gesichert. Toni blickte sich um. Kein Mensch war zu sehen. Er drückte leicht gegen das Fensterkreuz und schon sprang das Fenster auf. Er nahm sein Board und schob es durch die Öffnung. Mit einem klappernden Geräusch fiel es innen zu Boden. Das muss es aushalten können, dachte Toni. Dann zog er sich am Fensterrahmen hoch und zwängte sich selbst hindurch. Mit seiner Körpergröße ging das gerade noch, ein erwachsener Mann hätte nicht hindurchgepasst.

Toni schaute zuerst nach seinem Snowboard. Es hatte den Sturz gut überstanden. Dann betrachtete er den Raum genauer. Hier musste er sein Versteck finden. In den Schränken konnte er sich nicht verbergen, da würde der Attentäter nach den Skiern suchen. Aber die Getränkepaletten konnte er so verschieben, dass hinter ihnen ein kleiner Raum frei blieb. Toni machte sich an die Arbeit. Was die Skileute so alles tranken. Holländisches Bier, Coca-Cola, Wasser, Isogetränke. Es kostete sehr viel Kraft. Nach einer guten Viertelstunde hatte sich Toni sein Versteck geschaffen: eine etwa ein Meter fünfzig hohe und zwei Meter lange Mauer aus gefüllten Blechdosen . . .

Müde setzte er sich auf eine Kiste. Die Arbeit hatte ihn durstig gemacht. Er hatte nicht daran gedacht, Proviant mitzunehmen. Aber: zu trinken gab es hier ja genug. Er hatte freie Auswahl. Toni entschied sich für ein Isogetränk. Morgen beim Rennen würde er es bezahlen. Vielleicht gab es hier auch etwas zu essen. Er öffnete die Schränke. Kaffeemaschinen, Küchengeräte, Plastikbecher . . . und Dauerwürste! Alles da für ein kleines Picknick. Zufrieden öffnete Toni die Folie und verschlang heißhungrig drei der Würste.

Draußen war es inzwischen dunkler geworden. Obwohl die Dämmerung noch nicht in die Nacht übergegangen war, konnte Toni durch das Fenster den Vollmond erkennen, der schon jetzt eine erstaunliche Lichtintensität hatte. Toni wurde langsam nervös. Bis jetzt hatte er sich zu beschäftigen gewusst. Nun begann jedoch die Ungewissheit, ob jemand kam und wenn, wann er kam, kräftig in ihm zu arbeiten. Draußen ging ein ganz leichter Wind, er war kaum hörbar. Toni räumte die Dose und die Wurstfolie in den Schrank und verschloss ihn. Dann kroch er hinter seine aufgerichtete Mauer und setzte sich in die Ecke. Er wartete. Die Schneejacke behielt er an, denn langsam wurde es kälter. Draußen war es bis auf ein paar Vogelrufe sehr still geworden. Ab und zu knackte in der Umgebung ein Ast. Tiere? Der Wind? Mit der Zeit gelang es Toni, darüber hinwegzuhören. Heute Nachmittag noch hatte er sich sein Vorhaben so abenteuerlich und spannend vorgestellt. Aber nun war es doch etwas anderes, hier an diesem einsamen Ort zu warten. Seine Eltern saßen jetzt in der Ferienwohnung und dachten, er sei mit Bob unterwegs. Hoffentlich war es Pit nicht gelungen, Peter und Justus abzuhängen. Aber die beiden wussten ja, wohin sie Pit folgen mussten. Außerdem hatte er Bob erzählt, dass er sich hier verstecken würde. Draußen knackte wieder das Holz. Ein Flugzeug flog am Himmel. Weit da oben war also noch ein Mensch. Ein angenehmes Brummen, auf das er sich konzentrierte, bis es verklungen war. Das Mondlicht schien durch das Fenster und die Getränkedosen reflektierten die Strahlen an die Decke. Toni betrachtete versunken die Muster des Lichts. Langsam verschwammen sie vor seinen Augen.

Ein sehr nahes Geräusch ließ Toni plötzlich zusammenzucken. Es war direkt hinter ihm an der Außenwand. Ein Rascheln. Toni setzte sich wieder richtig hin, der Rücken tat ihm weh, sein rechtes Bein kribbelte. Er musste kurz eingenickt sein. Oder auch länger: Das Mondlicht fiel inzwischen anders, das Muster an der Decke war verschwunden. Toni schob den Ärmel seiner Skijacke ein Stück hoch. Die Uhr kam zum Vorschein, es war kurz vor neun. Dann hatte er also eine Weile geschlafen. Wieder raschelte es hinter ihm, diesmal ein kleines Stückchen weiter weg. War da nicht ein glucksender Laut zu hören? Eine Flasche? Toni begann zu schwitzen. Ruhig bleiben – vielleicht war es ja nur ein Tier, eine Katze, ein Wildschwein, eine Maus. Jetzt raschelte es wieder, noch ein Stückchen weiter. Das konnte doch kein Zufall sein! Dieser glucksende Laut. Der Attentäter? Was machte er da bloß? Oder waren es Justus und Peter, die ihm einen Streich spielen wollten? Aber wo war dann Pit? Toni brach in Schweiß aus. Eine saudumme Idee, sich hier zu verstecken. Er konnte das Rascheln und Knistern weiterverfolgen, die Wand entlang. Doch eine Maus? Aber was war bloß dieses Glucksen?

Für einen Moment fühlte Toni den Impuls, hinauszurennen und nachzusehen. Doch er blieb sitzen. Jetzt herrschte Ruhe. Da hörte er plötzlich deutlich das Stapfen von Schuhen im Schnee. Eine Person schien sich zu entfernen. Dann ging alles sehr schnell. Ein dumpfer, ein sich verschluckender Laut, der rund um die Hütte jagte. Fast gleichzeitig lautes, aufloderndes Knistern. Toni sprang auf. Feuerschein drang durch das Fenster. Panik. Die Holzhütte stand rundherum in Flammen. Er saß in der Falle.

Als Erstes schoss Toni ein absurder Gedanke durch den Kopf. Er hatte literweise Flüssigkeit zum Feuerlöschen in der Hütte. Aber die war ja in Dosen verpackt. Draußen am Fenster schlugen schon die Flammen hoch. Der Brandstifter musste mit trockenem Stroh und Benzin gearbeitet haben. Das erklärte auch die Geräusche, die Toni gehört hatte. Das hieß aber auch, dass er jetzt schnellstens hinausmusste.

Die einzige Chance war die Tür. Toni war es egal, was ihn draußen erwartete. Er musste raus, raus aus dieser brennenden Falle. Aber innen steckte kein Schlüssel im Türschloss. Wild rüttelte er an der Klinke. Doch das Schloss hielt stand. Toni lief einige Schritte zurück, rannte dann vorwärts auf die Tür zu und rammte sie mit seiner linken Körperhälfte. Doch das schien nur in Fernsehserien zu funktionieren. Die Tür bewegte sich keinen Millimeter. Dafür spürte Toni einen scharfen Schmerz in seiner Schulter. Da erst sah er, dass sich die Tür nur nach innen öffnen ließ. Es hatte also keinen Sinn, gegen sie anzurennen. Er hatte sie nur gegen ihren Rahmen gedrückt. Auch war das Holz viel zu stabil, um unter seinem leichten Gewicht zu zersplittern. Sein Mut sank. Nur nicht aufgeben. Also doch das schmale Fenster? Aber bevor er sich da hindurchgezwängt hätte, hätten ihn die Flammen schon längst erwischt. Das Lodern des Feuers war beängstigend laut geworden, nie hätte er gedacht, dass ein Feuer so laut sein könnte. Außerdem wurde es immer heißer in der Hütte und die Luft wurde rauchig. An einigen Stellen begann das Holz innen bereits zu glühen. Er musste darauf achten, wo das Dach zuerst herunterstürzte.

Da hörte er ein Krachen an der Tür. Jemand schlug von außen mit einem gewaltigen Gegenstand dagegen. Die Tür zitterte. Diesmal wurde sie richtig angegriffen. Lange würde sie den Schlägen nicht standhalten. Intuitiv griff Toni nach der nächstbesten Waffe oder was sich als solche benutzen ließ. Es war sein Snowboard. Wer wusste, was ihn da wieder erwartete! Die Tür gab unter den Schlägen immer weiter nach. Toni kauerte in einer Ecke, bereit zum Sprung und bereit zum Schlag. Unter einem kräftigen Stoß löste sich die Vorrichtung des Schlosses. Mit einem Ruck sprang die Tür auf. Toni sprintete los, sein Brett schwingend. Flammen schlugen hoch. Gerade noch rechtzeitig erkannte Toni durch den Rauch hindurch ein bekanntes Gesicht. Draußen stand Bob.

Das Nächste, woran er sich wieder erinnerte, war Bobs Stimme. »Meine Güte, Toni, du lohnst mir meine Hilfe schlecht. Erst erschlägst du mich beinahe mit deinem Snowboard und nun erdrückst du mich fast.«

Aber Bob ließ Toni gewähren. Glücklich hielten sie

sich in den Armen. Erst jetzt sah Toni, dass auch Karen und ihr Servicemann Jürgen vor Ort waren. »Das war knapp«, krächzte er mit einer vom Rauch heiseren Stimme. »Ich danke euch allen. Ohne eure Hilfe wäre ich hier nicht mehr herausgekommen.«

Sie standen in einigem Abstand zu der Holzhütte, die inzwischen lichterloh brannte. Teile des Daches stürzten mit lautem Krachen ein. »Was ist hier überhaupt los gewesen?«, fragte Jürgen.

»Ganz einfach. Pit hat die Bude angezündet. Vermutlich hat er gar nicht gewusst, dass ich da drinnen bin.«

»Es ist sogar ziemlich wahrscheinlich, dass Pit das nicht wusste«, sagte Bob. »Denn vermutlich war er gar nicht der Täter. Inzwischen glaube ich eher, dass unser Mann Uli ist, der Exfreund von Karen.«

»Der mit der großen Nase«, sagte Jürgen.

»Der mit der großen Nase«, wiederholte Toni langsam. »Ein Blonder mit einer großen Nase?«

Bob sah deutlich, wie Toni nachträglich ein Schreck durch die Glieder fuhr. Toni brauchte gar nichts mehr zu erklären. »Er war also hier«, sagte Bob. Er hatte Recht gehabt.

»Ja, er fuhr direkt hinter mir den Lift hoch. Dann hat er mich also die ganze Zeit beobachtet.« Toni schaute in die Runde. »Wenn ich den zu fassen kriege, dann breche ich ihm alle Knochen!«

Karen, Jürgen und Bob mussten trotz des Ernstes der Situation lachen. »Nichts gegen dich, Toni, aber er ist vielleicht dreimal so stark wie du«, bemerkte Karen.

»Wartet nur ab«, entgegnete Toni. Unruhig blickte er sich um. »Wahrscheinlich beobachtet dieser Wahnsinnige uns jetzt noch. Wie lange seid ihr denn schon hier?«

»Noch nicht sehr lange«, sagte Bob.

Auch Jürgen beäugte die Gegend. »Als wir kamen und die Flammen sahen, haben wir gleich einen der Holzbalken von da drüben herbeigeschleppt, um die Tür zu bearbeiten.« Jürgen deutete auf einen Holzhaufen, der am Waldrand aufgeschichtet lag. Im hellen Mondschein war er gut zu erkennen.

»Uli ist bestimmt noch hier«, sagte Karen. »Ich kann mir gut vorstellen, dass er sehen wollte, was er hier angerichtet hat. Besonders, als wir dann auch noch mit dem Schneemobil angefahren kamen.«

Toni schnappte sich sein Snowboard. »Schauen wir uns doch ein bisschen um«, schlug er vor. »Aber bitte alle zusammen.«

Zweifellos boten die beiden anderen Hütten ein gutes Versteck für einen Beobachter. Andererseits waren Toni und seine Retter schon ziemlich nahe bei dem Holzhaufen am Waldrand. »Los, zuerst der Holzstoß«, entschied Bob.

Jagd im Schnee

Langsam bewegten sich Bob, Toni, Karen und Jürgen auf den Holzstoß zu. In den Hütten, überlegte Bob, hatte sich der Brandstifter vermutlich sowieso nicht versteckt. Sie standen vollkommen ungeschützt und boten dem Täter bei dem hellen Mondschein keine Möglichkeit, unauffällig zu fliehen. Der Vorteil des Holzstoßes war, dass sich der Mann schnell in den Wald zurückziehen konnte. Diese Überlegung steigerte Bobs Spannung zusätzlich. Er hatte sich einen dicken Ast gegriffen.

Karen schleppte ein Brett. Jürgen wollte es ihr abnehmen, doch sie hielt es fest und sagte nur: »Gebrauch du lieber deine Fäuste.«

Inzwischen hatten sie sich dem Holzstoß bis auf etwa zwanzig Meter genähert. Da schrie Toni auf. Ein Schatten löste sich aus dem Dunkel, es war ein Mann. Er sprang mit einem Satz in den Wald. Die vier Verfolger rannten los. Äste schlugen ihnen ins Gesicht. Einige Meter vor ihnen versuchte der Mann verzweifelt zu entkommen. Seine Schritte sahen ungelenk aus, fast schwerfällig. Und sein Vorsprung wurde zunehmend geringer. »Er hat die schweren Skistiefel an«, rief Bob. »Wir haben ihn gleich!«

Da erreichte der Mann den anderen Waldrand. Plötzlich hatte er zwei Skier in der Hand. Schon glitt er mit seinen Skistiefeln in die Bindung. Drei, vier Skatingschritte und er gewann an Fahrt.

»Verdammt, er haut ab«, schrie Bob. »Er nimmt Kurs auf die Weltcupabfahrt!«

Toni reagierte am schnellsten. Er ließ sein Board in den Schnee gleiten und schnallte es an. »Rennt zurück zum Schneemobil«, rief er, »und kommt mir schnell nach! Ich schnappe mir den blonden Knaben!«

Diesmal gab es keine Zeit zum Schmunzeln. Im Eiltempo rannten Karen, Jürgen und Bob auf ihr Schneemobil zu. Von dem Brandstifter und seinem Verfolger war bereits nichts mehr zu sehen.

Toni sah gerade noch, wie Uli hinter einem kleinen Hügel auf die Weltcuppiste abbog. Mit weit gezogenen Kurven versuchte Toni ihm ein Stück näher zu kommen. Der Mond war so hell, dass er die Szenerie gut erkennen konnte. Uli fuhr nicht schlecht und er hatte einen deutlichen Vorsprung. Aber Toni war sich sicher, dass Uli den Verfolger hinter sich hörte. Die auf dem gefrierenden Schnee hart und laut gezogenen Linien des Carvens, des geschnittenen Schwungs, mussten Uli Furcht erregend in den Ohren krachen. Toni war das nur recht. Dem sollten ruhig die Nerven flattern.

Da rutschte Uli plötzlich weg. Er hatte offenbar eine Unebenheit, vielleicht auch eine Eisplatte übersehen. Das war Tonis Chance. Uli musste gestürzt sein und war hinter einem kleinen Hügel verschwunden. Es war nichts mehr von ihm zu sehen. Toni fuhr dicht an den Hügel heran und bremste scharf ab. Dahinter konnte ein verletzter Uli liegen, aber Toni war sich nicht sicher. Noch einmal wollte er ihm nicht in die Falle gehen. Er glitt vorsichtig um den Hügel herum und stoppte. Es war nichts zu sehen. Toni gab sein Snowboard wieder frei und rutschte ein Stück weiter. Die Nerven waren zum Zerreißen gespannt. Toni zuckte zusammen. Im ersten Moment dachte er, es sei aus. Von der Seite her flog etwas Dunkles, nicht Erkennbares auf ihn zu. Er riss zum Schutz den Arm hoch. Dann erst merkte er, dass es nur Schnee war. Nass und kalt fiel er Toni in den Nacken. In diesem Moment schwang sich direkt über ihm die dunkle Gestalt Ulis auf Skiern davon. Toni ließ sein Board laufen. Jetzt war er dicht hinter ihm. Doch Uli war ein verdammt guter Fahrer. Er gewann schon wieder an Vorsprung. Da sah Toni seine Chance. Uli musste eine lang gezogene, flache Rechtskurve fahren. Die Piste führte viel weiter unten wieder direkt an den Fuß des Bergrückens, auf dem sie jetzt fuhren. Toni entschied sich sofort. Er raste über die reguläre Piste hinaus auf die Bergkante zu, bremste etwas ab und setzte mit einem Sprung auf dem steilen Hang auf. Er wollte den kürzesten Weg nehmen. Direkt abwärts, den unberührten Tiefschneehang hinunter. Was er sonst als größtes Fahrerlebnis genoss, das Riding jenseits der Pisten im tiefen Pulverschnee, wurde nun zu einer waghalsigen, aber auch Erfolg versprechenden Abkürzung.

Der Pulverschnee spritzte unter dem Snowboard auf. Toni jagte durch vom Schnee verdeckte Löcher, über Buckel und zwischen Baumwurzeln hindurch. Viele Hindernisse sah er erst im letzten Moment. An einigen Stellen sprang er, manchmal flog er eher. Doch Toni war ein guter Techniker und hoch konzentriert. Jetzt oder nie musste er Uli die entscheidenden Meter abnehmen. Kurz nahm er wahr, wie dieser von rechts auf der Piste herangerast kam. Die steilsten Abschnitte hatte Toni überwunden, der Hang wurde flacher und bis zur regulären Piste war es nicht mehr weit.

Uli schoss heran. Toni taxierte ihn, bückte sich. Das Snowboard unter ihm schnitt eine messerscharfe, wunderbar rund gezogene Linie in den harten Schnee, die auf die gerade Spur des Skiläufers zulief. Wie auf zwei Schienen, die in einer Weiche zusammentreffen, näherten sich die Fahrer einander in fast gleicher Geschwindigkeit. Sie mussten sich bald berühren. Doch Uli war etwas vor Toni. Er würde ihm wieder entwischen. Der Flüchtende stocherte mit seinem Skistock in der Luft herum, um den Verfolger fern zu halten. Da ergriff Toni seine einzige Chance: Er sprang. Mit Schwung riss er das Board hoch, streckte die Beine durch und traf Uli leicht an der Hüfte. Dieser schleuderte herum, hob ab, flog auf seinen Rücken, die Skier machten sich selbstständig. Nach einigen Metern blieb der Mann im Schnee liegen. Sofort war Toni bei ihm. Es war ihm egal, dass Uli der Stärkere war. In diesem Moment hätte er es mit der ganzen Welt aufgenommen. Eindeutig: Das war der Blonde mit der auffälligen Nase. Als Uli fluchend aufstehen wollte, knickte er sofort wieder ein. Er hatte sich bei der Aktion offenbar am Bein verletzt.

»Haben wir dich endlich, du Pistenteufel!«, rief Toni triumphierend. »Gleich werden Jürgen und Karen kommen. Dein Spuk ist zu Ende.«

Der Mann im Schnee schimpfte. Toni sah unbeeindruckt den Berg hinauf. Weit oben flackerte das Feuer, dem er so knapp entronnen war. Von dem Schneemobil noch keine Spur.

Es lag wohl daran, dass er sich schon zu sicher gefühlt hatte. Jedenfalls bemerkte Toni viel zu spät, dass Uli sich aufgerichtet hatte. Mit einem Sprung riss er Toni herunter zu sich in den Schnee. »Dir werde ich zeigen, was ein Pistenteufel ist«, brüllte Uli.

Toni versuchte sich aus dem Griff herauszuwinden, doch der Gegner war einfach zu stark. »Es ist doch sinnlos, Uli«, rief der Junge verzweifelt, »meine Freunde müssen gleich da sein.«

Uli versetzte ihm einen Schlag, dass ihm der Schädel brummte. Dann ließ er von Toni ab und schleppte sich zu dessen Snowboard, das ein paar Meter entfernt im Schnee lag. Benommen sah Toni, wie Uli sich auf das Board setzte, um auf ihm wie auf einem Schlitten die

Piste hinunterzurodeln. Mit seiner Verletzung kam er allerdings nur langsam in Schwung. Dann ging alles sehr schnell. Vom Tal her näherte sich ein Schneemobil. Es kam direkt auf Toni zu und hielt dicht vor ihm an. Zwei wohlbekannte Gestalten sprangen heraus.

»Hi, Toni«, rief Justus. »Was machst du denn hier? Und wer ist das da, auf dem Snowboard?«

»Der Attentäter«, rief Toni und rappelte sich auf. »Fangt ihn euch. Schnell!«

Mit einem kurzen Sprint hatte Peter den Flüchtenden eingeholt und in den Schnee gestoßen. »Das ist ja gar nicht Pit Graff!«, rief er erstaunt aus.

»Nein«, sagte Toni und hielt sich den Kopf. »Karens Exfreund Uli ist unser Mann. Und das Feuer da oben war von Uli für mich bestimmt. Ich hatte mich in der Hütte versteckt. Bob müsste auch gleich da sein. Er hat alles herausbekommen und mich gerettet. Jetzt sagt mir aber, warum ihr hier zu so einem günstigen Zeitpunkt erschienen seid?«

»Wir haben das Feuer in den Bergen gesehen und uns schnellstens ein Schneemobil organisiert«, sagte Justus. »Es war uns klar, dass da etwas schief gegangen ist.« Peter hatte inzwischen den Attentäter mit dem Gesicht nach unten in den Schnee gedrückt und sich sicherheitshalber auf dessen Rücken gesetzt. Dagegen war Uli machtlos.

Justus wollte von Toni die ganze Geschichte hören. »Dass ich nicht früher darauf gekommen bin«, stöhnte er, nachdem Toni ausführlicher berichtet hatte. »Schließlich habe ich Karen sogar noch nach ihrem Freund gefragt.«

In dem Moment traf Bobs Schneemobil ein. Er hatte einen Umweg fahren müssen, da die Weltcupabfahrt an ein paar Stellen zu steil war. Karen blieb mit Jürgen im

Fahrzeug sitzen, aber Bob sprang heraus. »Sie hat keine Lust auf ein Wiedersehen mit Uli«, erklärte er und blickte dann verwundert zu Justus und Peter. »Ihr seid auch da?«

»Ja«, rief Peter herüber, »wir kamen gerade noch rechtzeitig, um den Sack ganz zuzumachen. Der Attentäter wollte sich schon wieder verdrücken.«

Und wieder hörten die Freunde Motorenlärm. Mehrere Fahrzeuge fuhren an ihnen vorbei, eins scherte aus und kam auf sie zu. Es war MacManoman. Diesmal war es an dem Polizisten, überrascht dreinzublicken. »Was ist denn hier los? Schon wieder meine Freunde? Überlebenstraining auf 2000 Metern Höhe? Ich dachte, ich hätte euch Knaben nach Hause ins Bett geschickt. Zum Schlafen. Nun wird es mir aber langsam zu bunt!«

Justus deutete auf Uli, der immer noch Peters Gewicht im Rücken hatte. »Wir hätten hier jemanden in Ihre Obhut zu geben«, sagte Justus. »Wenn Sie es wünschen. Der Mann, nach dem Sie suchen. Der Attentäter. Und gleichzeitig der Brandstifter des Feuers, zu dem Ihre Kollegen in den anderen Schneemobilen ja wohl gerade unterwegs sind.«

Jetzt war sämtliche Selbstsicherheit und Überheblichkeit von MacManomans Gesicht gewichen. »Wie?«, sagte er nur. Sein Gesicht war ein einziges Fragezeichen. Die drei Detektive feixten.

Bob übernahm das Wort und erzählte seine Geschichte. »Ach, und fragen Sie Uli auch mal nach seinen Verbindungen zu SPEED«, fügte er noch an.

»SPEED«, notierte sich MacManoman in ein kleines Notizbuch. Er hatte schon mehrere Seiten voll geschrieben.

Justus konnte sich etwas Spott nicht verkneifen. »Wie lief denn das Verhör von Pit Graff?«, fragte er MacManoman scheinheilig.

Der Polizist murmelte kleinlaut, dass Pit Graff zwar äußerst unsympathisch, aber in der Tat völlig unschuldig sei. Dann fand er langsam in seine alte Rolle zurück. »Okay, Sportsfreunde, ich nehme den Knaben da mit. Und wenn er es tatsächlich war, dann mache ich etwas, was ich sonst selten tue: Dann gratuliere ich euch!«

Justus nickte. »Sehen wir Sie morgen beim Skirennen?«

»Bestimmt. Bis dann!«

MacManoman kommt kaum zu Wort

»Ich tippe auf Picabo Road«, sagte Peter und blickte Justus provozierend an.

»Ganz klar: Karen Sulzenberger wird das Rennen gewinnen«, entgegnete Justus trotzig.

Bob schüttelte den Kopf. »Ich glaube, sie wird nach all dem Wirbel froh sein, wenn sie überhaupt heil ins Ziel kommt. Ich denke, Nicola wird das Rennen machen.«

»Protest, Protest«, ließ sich Toni lautstark vernehmen: »Petra Hofer hängt sie alle ab!«

Bob grinste. »Petra Hofer? Nie gehört. Kommt die nicht aus diesem winzigen Staat in den Alpen, diesem Landstrich da südlich von Deutschland?« Toni knuffte ihn kräftig in den Arm.

»Ist schon okay, Toni«, sagte Justus süffisant. »Bob kommt nur gerade nicht auf den Namen dieses wichtigen Landes. Es ist doch, na, es ist doch . . . die Schweiz, oder?« Die drei ??? lachten und Toni lachte mit.

Sie standen am Zielraum der Rennstrecke und warteten auf den Start des Abfahrtslaufs der Damen. Nachdem Uli verhaftet worden war, hatte sich Karen entschlossen doch zu starten. »Erwartet nicht zu viel«, hatte sie gesagt. »Ich werde noch nicht voll fahren. Wenn ich unter die ersten 15 komme, bin ich schon sehr zufrieden.«

Es war viel Publikum gekommen. Mehrere tausend Menschen warteten allein rund um den Zielraum auf die Ankunft der Läuferinnen. Die Geschichte um Karen hatte zusätzlich für Aufmerksamkeit gesorgt. Auch alle wichtigen Fernsehanstalten waren da. Auf Vermittlung der deutschen Rennleitung durften die Freunde in einer abgegrenzten Zone, die für »very important persons« vorgesehen war, den Zieleinlauf verfolgen.

Jetzt kündigte ein Sprecher den Beginn des Rennens an. Es wurde gleich spannend. Die Startnummer eins hatte Nicola Schalla gewählt. Auf einem Monitor konnten die vier Freunde Nicola in den oberen Streckenabschnitten fahren sehen. Die ersten Zwischenzeiten wurden eingeblendet – was sie wert waren, würde sich erst bei den nachfolgenden Läuferinnen zeigen. Dann wurde Nicola am Zielhang sichtbar. Beifall brandete auf. 1.43,22 war ihre Endzeit. Sie bremste, zog den Helm ab und stellte ihren SPEED-Ski hoch, wie es alle Läuferinnen tun, um für ihre Skifirma zu werben.

Dann war eine unbekanntere Österreicherin unterwegs. Toni war furchtbar aufgeregt. Er merkte kaum, dass MacManoman zu ihnen getreten war.

»Ich gratuliere euch«, sagte er. Die drei ??? lächelten. Auch Toni drehte sich jetzt um, zumal die Zeit der Österreicherin längst nicht an die von Nicola heranreichte. »Uli hat gestanden«, berichtete MacManoman. »Wir haben in seinem Hotelzimmer die Handschuhe gefunden, die ihr fotografiert habt. Da ist sein Widerstand zusammengebrochen.«

»Moment mal«, unterbrach Peter ihn. »Picabo ist unterwegs. Super Zwischenzeiten.« Doch als sie im Ziel war, lag sie knapp hinter Nicola. Picabo nahm ihren Helm ab. Sie schien dennoch mit ihrer Zeit zufrieden. Peter konnte seinen Blick nicht von ihr wenden.

»Wisst ihr, von wem Uli unterstützt worden ist?«, fragte MacManoman.

»SPEED«, sagte Peter, ohne dass er Picabo Road aus den Augen ließ, um die sich inzwischen viele Reporter geschart hatten.

MacManoman nickte. »Ja, zwei Männer, die in der Entwicklung von SPEED arbeiten, haben ihn bei seiner ersten Drohbriefübergabe überrascht. Da sie ohnehin ZACK und Karen eins auswischen wollten, haben sie ihn unterstützt und ihm sogar einen Flug und ein Hotelzimmer bezahlt. Ich habe sie wegen Mitwisserschaft und Unterstützung verhaftet.«

»Ja, auf geht's!«, unterbrach ihn Toni. Petra Hofer war gestartet. MacManoman runzelte wegen der erneuten Unterbrechung die Stirn. Er hatte offenbar konzentriertere Zuhörer erwartet. Petra fuhr ebenfalls ein tolles Rennen, aber es reichte nicht ganz. Platz drei hinter Nicola und Picabo. Toni zuckte mit den Schultern. »Dann eben nächstes Mal«, sagte er.

MacManoman nutzte die Pause und ergriff wieder das

Wort. »Der Firmenchef von SPEED hat die Sache auch kommentiert. Mit solch unsauberen Methoden hätte seine Firma nichts zu tun. Das seien zwei absolute Einzelfälle.«

»Na, dann hoffen wir mal, dass es so ist«, meinte Peter zweifelnd.

»Am Tatort haben wir übrigens noch den Rucksack von Uli gefunden. Der Kerl hatte gestern nicht nur Benzin, sondern auch Zangen, Sägen und anderes Werkzeug dabei. Der war wirklich auf alles vorbereitet!«

In dem Moment ging ein Aufschrei durch das Publikum. Ann-Lisa aus der Schweiz hatte eine neue Zwischenbestzeit gefahren. MacManoman schwieg freiwillig. Gespannt verfolgten die Freunde das Rennen. Ann-Lisa konnte ihren Vorsprung halten, ja sogar leicht ausbauen: Mit 1.42,78 lag sie eindeutig vorn. Jubelnd riss sie die Arme hoch. »Das wird der Sieg sein«, meinte Justus realistisch. »Jetzt kommen außer Karen keine starken Läuferinnen mehr und sie wird nicht voll fahren.«

»Aber es ist Ann-Lisa zu gönnen«, sagte Peter. »Sie hat Karen sehr geholfen.«

»Und außerdem hat dann keiner von uns richtig getippt. Da können wir doch alle gut mit leben«, meinte Justus. Er schaute MacManoman an, als wollte er ihm bedeuten, dass er fortfahren dürfe.

Der Polizist hatte sich inzwischen daran gewöhnt, dass er nur stückweise zu Wort kam. Jetzt holte er eine Papprolle hervor. »Als kleines Dankeschön«, sagte er, »haben wir euch eure Fotos entwickelt. Und zwar Handanfertigung, auf 50 x 75.«

Er rollte die Bilder auf. Toni lachte als Erster los. »Das seid ihr?«, rief er entzückt. Die Bilder zeigten Justus, Peter und Bob mit ihren Freundinnen. Sie waren jedoch verkleidet: als Punks, im Techno-Look, als Hippies.

»Nun ja«, sagte Justus etwas kleinlaut. »Es war ein Kostümfest. Und ein etwas wildes dazu. Aber die Bilder sind doch wirklich gelungen.«

MacManoman grinste, sagte aber nichts.

»Finde ich auch«, stimmte Bob zu. »Übrigens, wir bekommen noch ein weiteres Dankeschön zum Anschauen. Ich habe heute Morgen mit Mrs Seven telefoniert. Ratet mal, was sie uns versprochen hat?«

»Ein Exemplar des tollen Druckes, der in der Wohnung des Malers hängt. Der mit den Kindern, die vor einem Lagerfeuer Krimis lesen«, antwortete Justus.

Bob schaute ihn enttäuscht an. »Woher wusstest du das schon wieder?«

»Mein Superhirn kann eben auch kombinieren«, meinte Justus stolz. »Das Bild wird einen Ehrenplatz in unserer Einsatzzentrale erhalten.«

Bob nickte. »Klar. Und außerdem hat Mrs Seven wieder einen neuen Fall für uns.«

»Sollen wir noch mal raten?«, fragte Peter. »Mein Tipp: Die Geschichtsarbeiten sind verschwunden.«

»Schön wär's! Nein, der Reifenstecher, hinter dem wir auch schon her waren, hat jetzt ihr Auto erwischt.«

Justus und Peter lachten. »Tja, der Alltag ruft.«

In diesem Moment wurde als nächste Läuferin Karen Sulzenberger angekündigt. Mit Hochspannung verfolgten die Freunde auf dem Fernsehmonitor den Start und dann das Rennen im oberen Teil der Strecke. Sogar MacManoman starrte gebannt auf den Bildschirm. Sie war schnell, wenn auch nicht schnell genug, um Ann-Lisa oder Nicola an der Spitze zu gefährden. Hoffentlich stürzt sie nicht, dachte Bob. Jetzt kam die Kurve, an der sie vor zwei Tagen dem Attentat mit Glück und Können entkommen war. Karen in Großaufnahme. Sie setzte den Schwung an, ging auf die Kanten. Die Zuschauer feuerten sie an. Dann die Kurve, sauber genommen . . . und schon war Karen durch.

»Puh«, entfuhr es Justus. Er lehnte sich etwas zurück. Eine ordentliche Zwischenzeit. Da kam Karen auch schon ins Blickfeld der Zuschauer. Justus sprang auf, dann die anderen. Die letzten Meter, und schon im Zielraum. Fünftbeste Zeit. Die Zuschauer johlten und die Freunde fielen sich in die Arme.

»Dieses Rennen war ganz wichtig für sie«, meldete sich MacManoman zu Wort. »Sie wird bestimmt wieder die Alte.«

Justus nickte ihm zu und blickte zu Karen. Sie umarmte im Zielraum einige Läuferinnen. Ann-Lisa, auch Nicola. Dann schaute sie sich suchend um und entdeckte die drei ???. Justus sah, dass Bierbichler mit seiner Fernsehkamera auftauchte und Karen aufhalten wollte. Er winkte zu Langbinder hinüber, der sich mit seinem Mikrofon wieder einmal ganz hinten im Menschenpulk herumschlug. Bierbichler hatte keine Chance. Denn die über das ganze Gesicht strahlende Karen Sulzenberger kam bereits auf die begeistert winkenden drei ??? zugeeilt. Jetzt, da war sich Bob sicher, jetzt würde es eine dicke Umarmung für jeden von ihnen geben.